VIE

ET FIN DÉPLORABLE

DE

MME. DE BUDOY.

TOME II.

IMPRIMERIE DE J.-MORONVAL.

T. IV. 3.

Si les Ours avaient à mon départ poussés d'affreux hurlemens, les antres voisins retentirent des cris de leur joie en me voyant de retour.

VIE
ET FIN DÉPLORABLE
DE
MME. DE BUDOY,
TROUVÉE, EN JANVIER 1814;

ENTIÈREMENT NUE ET VIVANTE, SUR LES HAUTES MONTAGNES DU CANTON DE VIC-DESSOS, DÉPARTEMENT DE L'ARRIÉGE.

.... Il est donc des forfaits
Que le courroux des Dieux ne pardonne jamais.

A PARIS,
CHEZ G. MATHIOT, LIBRAIRE, RUE SAINT-ANDRÉ-DES-ARTS, N°. 34.
ET A BRUXELLES,
Même Maison de commerce, Marché au Bois, n°1310.

1817.

VIE

ET FIN DÉPLORABLE

DE M. DE SUCY,

À PARIS,

VIE

ET FIN DÉPLORABLE

DE

MME. DE BUDOY.

SECONDE PARTIE.

A QUINZE ANS, sans parens, sans amis, sans guides, tout autre que moi eût craint d'être embarrassé dans la capitale ; mais j'avais lu le *Tableau de Paris* par Mercier, et d'après de pareilles notions, j'étais persuadé que je n'avais pas besoin de conseils. Que j'étais simple ! et quelle fut ma surprise de voir que ce prétendu tableau de Paris n'était qu'un fougueux roman, où les faits étaient à cent piques de la vérité. Bon Dieu ! me dis-je, que sont donc certains auteurs ? Ah ! je le vois : ce sont des fabricans de phrases, plus attentifs à arrondir une période qu'à nous conduire tout simplement au but que nous cherchons dans leurs livres.

Cependant, comme je ne voulais pas présenter ma lettre de recommandation de la supérieure de l'hospice de Sens, avant d'avoir quelques notions sur la capitale, j'en achetai une nouvelle description. Je ne l'eus pas plutôt ouverte, que je tombai sur ce passage où l'auteur dit : « Si Paris est la capitale de France, le Palais-Royal est la capitale de Paris. » C'est charmant, me dis-je ; voilà une phrase qui me dit au moins très-élégamment par où je dois débuter ; car, pour bien connaître une province, il faut toujours commencer par visiter la capitale. Je me dirigeai tout de suite vers le Palais-Royal. Bientôt je me trouve dans la rue de l'Arbre-Sec ; c'est au moins ce que m'apprend l'inscription. C'était précisément où demeurait le frère de la supérieure. Cette circonstance me fit changer de projet, et je reculai ma visite au Palais-Royal pour me présenter chez M. Thuriot, c'était le nom du personnage qui, peut-être, allait ou m'éconduire, ou me rendre le plus important service, celui de me donner les moyens de gagner honorablement ma vie, car j'étais bien décidé à ne plus suivre mon premier état. M. Thuriot n'était point chez lui, mais sa domestique me dit de l'attendre ; qu'on était allé le chercher, parce qu'une autre personne le demandait aussi. En effet, je trouvai dans l'antichambre un homme d'environ quarante ans, qui se promenait de long en large. Une gravure que je considérais attentivement et dont je ne pouvais comprendre le sujet, nous fit lier conversation ensemble. « Vous êtes étranger, me dit-il? — Oui, monsieur; et c'est la première fois que je vois Paris. » Je faisais là un mensonge involontaire, car j'ignorais y avoir passé les premières années de ma vie, et qu'un scélérat m'y avait enlevé à la plus tendre des mères. — « Vous n'y êtes sans doute pas venu seul, continue M. Breval? ainsi se nommait l'étranger. Quelques parens... — Je n'eus jamais le bonheur d'en connaître. — Quoi! si jeune? mais vous avez des connaissances? — Pas plus que de parens; et si je suis recommandé au maître de ce logis, je le dois à l'humanité d'une dame qui me connaît à peine. — Dans la capitale, à votre âge, votre position est assez critique. — Je vais m'étudier à bien connaître le pays afin de savoir quel parti prendre. — Sur quoi vous guiderez-vous, puisque vous ne connaissez personne dans la capitale? — J'ai acheté un livre qui en traite, et en sortant d'ici j'irai commencer mes observations par le Palais-Royal qui, dit l'auteur, est la capitale de Paris. — Pauvre jeune homme, vous ne savez pas que cette belle phrase est la plus sanglante injure que l'on puisse faire à la capitale. — J'allais lui demander l'explication de ce qu'il me disait, lorsqu'un domestique vint nous dire que M. Thuriot ne rentrerait que le soir. — S'il en est ainsi, dis-je à M. Breval, qui m'avait inspiré la plus douce confiance, pourriez-vous m'accompagner au Palais-Royal? A mon âge, on ne saurait trop apprécier les conseils d'un homme tel que vous. » M. Breval consentit volontiers à ma demande. Le jour était à son déclin quand nous arrivâmes au Palais. Nous parcourûmes les galeries et le jardin. Ces deux endroits étaient encombrés de femmes dont j'aurais nié l'existence si je n'en avais été convaincu. Ce qui me fatiguait le plus, c'est que plusieurs d'entre elles étaient parfaitement belles, et que je me serais cru trop heureux d'en obtenir une pour épouse. Mon guide me fit connaître ensuite les caveaux, les cafés, le Montansier et les jeux. Si je marchais de surprise en surprise, je n'en scrutais pas moins les divers tableaux qui passaient sous mes yeux. Je ne les décrirai point ici ; assez d'autres sans moi ont essayé de le faire, et n'ont pas réussi. Paris n'a pas encore eu son Juvénal. Les uns en ont trop dit, les autres pas assez. Nous en avons des caricatures, et pas de portrait.

Mon guide ne m'offrait point seulement les objets, il me les rendait encore palpables en faisant, sur chacun d'eux, des réflexions aussi sages que justes, aussi vraies que dépouillées des charges de la satire. « Hé bien, me dit-il en sortant du Palais, que pensez-vous de la capitale de Paris? « Je suis, lui répliquai-je, encore tout étourdi de ce que j'ai vu : cependant, quoique bien jeune pour me prononcer dans cette affaire, je ne puis me dissimuler que l'auteur qui le premier a dit que le Palais-Royal était la capitale de Paris, faisait à cette ville une sanglante injure. — Jeune homme, vous raisonnez juste, me répondit M. Breval; j'aime à croire aussi que l'auteur de cette phrase n'a pas senti le tort qu'il faisait à la capitale dans l'esprit des étrangers. Ce n'est point ici une supposition; j'en ai la preuve écrite dans la correspondance du général Klébert. Voici comme s'exprimait devant lui, et à ce sujet, le jongleur Kotzebue, que d'ailleurs je récuse sur tout ce qu'il a dit des Français, qu'il n'eut jamais occasion d'étudier de sang-froid : « Si le Palais-Royal, disait-il, est réellement la capitale de Paris, cette ville doit être, par contre-coup, un vaste coupe-gorge et le plus mauvais lieu de l'univers, s'il est prouvé que toute capitale donne le ton; car enfin, que trouve-t-on au Palais-Royal? des filoux et des catins, des joueurs et des mouchards; des aventuriers et des intrigans, des gobe-mouches et des désœuvrés. De ses caves à ses greniers, il existe une foule de cloaques où se perdent journellement la jeunesse et l'âge mur. »

Quoique cette tirade se ressente un peu de l'épaisse acerbité du dramaturge Allemand, on ne peut nier que cette fois-ci il ne raisonne assez conséquemment ; ainsi, ajoute M. Breval, vous pouvez calquer vos observations et votre conduite sur ce que vous venez de voir et d'observer. Forcez votre jeunesse à la prudence ; ne vous décidez qu'après de mûres réflexions ; et surtout ne jugez jamais ni les faits ni les gens à l'apparence.

Je ne savais comment remercier mon guide des bontés qu'il avait eues pour moi ; mais il eut le secret de lire dans mon cœur et de se contenter des sentimens qu'il m'avait inspirés. Je le quittai après avoir obtenu son adresse et la permission de lui rendre visite.

Le lendemain j'allai chez M. Thuriot et lui présentai la lettre de sa sœur. Cette dame avait eu la délicatesse de ne point parler de mon premier état. C'est ce dont je m'aperçus à l'accueil que me fit son frère. Il suffit, me dit-il, que ma sœur s'intéresse à vous pour m'engager à vous protéger près les personnes que je connais. Quels sont vos vues et vos moyens? — Je n'ai pour moi, lui répondis-je, qu'une écriture passable; mais je dois vous avouer que n'ayant jamais reçu d'éducation, je suis très-faible sur mon orthographe, et que le peu que j'en sais, je le dois au plaisir que j'ai pris à lire de bons auteurs. Nous en étions là de notre conversation, lorsqu'on vint annoncer M. Dumeuil, intime ami du maître de la maison.

« Parbleu, tu arrives à propos, lui dit ce dernier, voici un jeune homme que me recommande ma sœur, et qui désirerait trouver quelqu'un qui l'employât en qualité de copiste. Je pensais déjà à toi. — Il est vrai qu'il m'en faut un, reprit M. Dumeuil, car je veux mettre au net les nombreux extraits que j'ai faits des auteurs les moins connus. Voyons si son écriture est bonne et lisible? J'en traçai quelques lignes en tremblant; et néanmoins elles convinrent à l'homme de lettres chez qui j'entrai, le lendemain, aux appointemens de cent écus par an, la table et le logement. C'était peu de chose, il est vrai; mais dans la position où je me trouvais, je crus que c'était une fortune. C'en était une en effet, si je mets en ligne de compte la satisfaction que j'éprouvai à me voir associé à d'honorables travaux. Une étonnante métamorphose se fit tout à coup en moi. Rendu à la dignité de mon être, je rougis secrètement du rôle méprisable que j'avais joué. Mon patron, véritable philosophe et homme de bien, contribuait encore, par la bonté de son cœur et la douceur de ses manières, à me rendre la vie agréable. Quatre à cinq heures de travaux par jour était tout ce qu'il exigait de moi. Sa bibliothèque, nombreuse et bien choisie, absorbait alors tous mes autres momens. Si j'en crois mon cœur, il n'est pas de plus doux plaisir que de se rouler en tout sens dans les événemens de l'univers. La lecture vous rapproche des siècles passés, vous place à côté des faits, et vous met en commerce avec toutes les générations. Un livre est un ami complaisant qui raconte et charme votre ennui quand vous le voulez, qui se tait quand vous le lui commandez, et recommence quand cela vous fait plaisir. Il suffit qu'il soit essentiellement bon, pour n'en avoir rien à craindre; il ne sait point farder la vérité, c'est un véritable ami qui vous la dit sans crainte, et ne va point se vanter ailleurs des leçons qu'il vous a données : il l'emporte encore sur un ami, en ce qu'il n'est point susceptible de changer par intérêt ou par caprice ; et que ce qu'il vous a dit aujourd'hui, il vous le dira demain. Un livre est un léger vaisseau qui vous porte avec la rapidité de l'éclair, des rives de la Seine aux Colonnes d'Hercule ; c'est, en un mot, un magicien qui, d'un coup de baguette, vous met en relation avec les Algonquins, et vous ramène sur les planches de l'Opéra.

La curiosité seule ne me fixait point sur un volume. Là aussi, je m'identifiais au génie de ma langue, et devenais mon grammairien. J'avance que les difficultés de notre syntaxe m'auraient plus d'une fois rebuté, si

M. Dumeuil ne s'était fait un plaisir de me les expliquer ; je dévorais ses leçons et ses remarques. Ce désir bien prononcé d'améliorer mon éducation lui fit sensiblement plaisir ; joignez à cela que ma qualité d'orphelin l'intéressait vivement à moi. Un jour que, dans la chaleur de ma reconnaissance, je manquais d'expressions pour la lui exprimer, j'osai l'appeler mon père ; je cherchai bien vîte une autre épithète, tant je craignais de l'avoir fâché par celle que je lui avais donnée ; il s'aperçut de mes craintes. « Jules, me dit-il, vous ne m'avez point choqué. Continuez au contraire à me nommer votre père ; oui, mon enfant, je veux vous en servir... Votre bonne conduite vous a mérité mon estime et ma tendresse. »

Je n'ai de tout temps jamais rien senti à demi ; je tombai aux genoux de mon bienfaiteur, qui me releva pour me presser dans ses bras. O comme les étreintes d'un honnête homme font du bien ! Son souffle est un air qui donne la vie, le calme et le bonheur. M. Dumeuil m'avait à peine quitté, que, dans l'excès de mon émotion, je tombai à genoux devant un Christ qui était dans ma chambre. Avec quelle ferveur je le remerciai de m'avoir donné un pareil protecteur ! Ah ! si la prière qui s'échappe du cœur va droit au trône de l'Eternel, la mienne alla jusqu'à lui, car mon âme toute entière était dans celle que je lui adressai.

Depuis cette époque mon père adoptif fut, après Dieu, ce que j'honorai le plus. Je m'applaudis encore aujourd'hui des attentions que je lui prodiguais ; j'étais devenu malgré lui une espèce de domestique qui veillait sur ses moindres besoins. Ceux qui savent combien les personnes âgées sont flattées des attentions de la jeunesse, peuvent se faire une idée de la place que je pris dans le cœur de M. Dumeuil. Il avait alors soixante-deux ans, et un fils unique qui, depuis dix mois, était à Rome pour y étudier les beaux-arts.

Depuis près d'un an j'étais le plus heureux des hommes. La lecture, ma passion favorite, me tenait lieu des plaisirs que se donnent les autres jeunes gens; et cependant, je ne connaissais encore que des auteurs sérieux. Mon père me conseilla de lire nos bons poëtes: j'abordai Racine. J'ai toujours senti, je le répète, beaucoup plus vivement que les autres hommes, et plus d'une fois la raison eut besoin de modérer mon enthousiasme. J'étais dans l'âge heureux de l'amour et de l'amitié;

quel effet ne devait point faire sur moi un auteur tel que Racine? Je me crus transporté dans un océan de parfums. Quel poëte aussi que l'auteur de Phèdre et d'Andromaque! Tour à tour simple et sublime, élégante, harmonieuse, sa phrase abreuve délicieusement l'âme du lecteur, et le porte à douter si le style est d'un homme ou d'un Dieu.

Quiconque a bien saisi Racine partagera sans doute l'opinion que j'ai de son génie poétique; personne n'a porté à un plus haut degré l'art d'ennoblir la plus simple pensée. J'en citerai un exemple d'autant frappant, qu'il est pris dans la classe vulgaire: l'épouse de mon jardinier avait un jeune enfant de quinze à dix-huit mois; un jour qu'il dormait, cette femme, qui travaillait à côté de son mari, le quitte brusquement et va chez elle ; son époux lui demande où elle va : « Je vais voir le petit, lui répondit-elle ; cet enfant s'ennuie : *je vais jouer un moment avec lui, je ne l'ai pas encore embrassé d'aujourd'hui.* J'étais présent à cette réponse que je ne pouvais assez admirer, parce qu'elle était mot pour mot les deux beaux vers que Racine met dans la bouche d'Andromaque, quand elle dit à Pyrrhus, en parlant de son fils Astyanax :

J'allais, seigneur, pleurer un moment avec lui,
Je ne l'ai point encore embrassé d'aujourd'hui.

Je crus un instant que cette femme avait retenu ces deux beaux vers en les lisant dans quelques livres, ou que peut-être elle avait vu représenter Andromaque ; je l'interrogeai sur ces deux articles auxquels elle ne comprit rien.

Cette anecdocte, qui ne saurait être trop connue, prouve que Racine puisait dans le cœur humain les vers immortels qu'il nous a laissés.

La connaissance des œuvres de ce poëte me donna l'envie de les voir représenter. Insensiblement je pris du goût pour le théâtre Français, le seul que je fréquentai, sans néanmoins manquer à mes devoirs. M. Dumeuil se plaisait, à mon retour du spectacle, à me faire rendre compte des pièces que j'avais vu représenter; je les analysais à ma manière, ainsi que le jeu des principaux acteurs. Si je m'égarais dans mes décisions, mon patron me le faisait remarquer; ces conversations contribuèrent puissamment à me former l'esprit et le jugement. Si j'admirais les beaux vers de Racine, je rendais justice à l'incomparable Molière; ce peintre des mœurs me parut l'emporter sur les anciens et sur les modernes; et cependant, je crus qu'il était encore possible de glaner richement après lui.

J'avais remarqué, dans une des sociétés où mon père adoptif m'avait introduit, certain personnage à l'air dur et sévère, au regard caustique et dédaigneux. Cet homme prenait rarement part à la conversation, quelle qu'elle fût, et ne répondait que par de sourds monosyllabes aux questions qu'on lui faisait. Ce manége lui avait donné la réputation d'un homme supérieur à tout ce qui se traitait en sa présence, d'un homme enfin de beaucoup d'esprit, regardant avec le sourire de la pitié tout ce qui n'était point à la hauteur de ses sublimes conceptions. Un jour qu'il avait piqué au vif un colonel de dragons, celui-ci, qui l'avait à moitié deviné, le força dans les retranchemens de son silence affecté. Quelle fut notre surprise ! Cet être prétendu supérieur n'était qu'un sot qui n'aurait pu ouvrir la bouche sans dire une impertinence, et qui, à l'aide d'un silence habilement combiné, avait usurpé une réputation à laquelle jamais personne n'eut de moindres droits.

Je fus vivement frappé de ce caractère, beaucoup plus commun dans la société qu'on ne veut bien le croire. Je pensai qu'il manquait à notre théâtre, et j'eus la témérité d'entreprendre de le lui fournir. Si je réussis, me disais-je, je me fais un état, et désormais j'existerai de mes propres talens. Jeune étourdi ! j'ignorais que dans l'art le plus difficile de tous, dans la carrière où s'est immortalisé l'inimitable auteur du Tartufe, il faut non-seulement un talent divin, mais encore une heureuse indépendance; et que quiconque se lance dans cette arêne quand la faim le talonne, tombe toujours à moitié du but ! Quoi qu'il en fût, je travaillais secrètement à ma pièce; car, pour tout au monde, je n'aurais pas voulu que M. Dumeuil eût connu mon projet. Six mois entiers furent employés à composer une comédie en trois actes et en vers, intitulée: *Le faux Discret*. Vingt fois sur le métier je remis mon ouvrage. Quand je crus enfin qu'il était assez bien poli et suffisamment limé, je pensai aux moyens de le présenter au théâtre Français. Cette circonstance, à laquelle je n'avais jamais réfléchi, me parut alors plus importante que la construction de ma pièce. J'avais lu dans une foule d'auteurs que rien n'est comparable à l'insolence d'un aréopage comique ; qu'un jeune auteur, quel que soit son génie, s'il n'est soutenu par de puissantes protections, reçoit ordinairement, des histrions juges, des dégoûts, des humiliations

. . . . Que ne souffrirait pas
L'hôtesse d'une auberge à cinq sous par repas.

Pareils jugemens portés sur les tribunaux comiques auraient pu m'en éloigner, si je n'avais pensé que les sarcasmes lancés contre eux étaient l'effet de la haine de quelques mauvais auteurs dont ils avaient refusé les pièces. « Si mon ouvrage est bon, me dis-je, ils seront trop heureux de le recevoir et de le représenter : cependant, je croirais volontiers qu'un jeune auteur sans nom et sans protecteur, court souvent des chances dangereuses. Avisons aux moyens de me soustraire à cet inconvénient. J'imaginai d'être le domestique de moi-même, et de présenter ma pièce sous le nom du duc de... et je ne signai pas. Je ne sais quelle circonstance vint à l'appui de mon stratagême; mais le comité en fut complètement la dupe : tout le monde crut que l'ouvrage était d'un personnage important, alors ministre d'état, et que des raisons de bienséance empêchaient de se nommer. Peu de temps après, la pièce fut lue en comité; j'y étais présent : j'ose dire, qu'indépendamment du nom et de la qualité de l'auteur supposé, je vis l'aréopage, entraîné par la rapidité de l'action et la chaleur du récit, pencher unanimement en faveur de la pièce. Dans la troisième scène du second acte, certaine tirade terminée par ces deux vers :

Qu'il soit de vos amis ou bien de vos parens,
Ne forcez pas un sot à desserrer les dents.

enleva les suffrages, et la pièce fut définitivement reçue. On me donna une lettre très-flatteuse pour le duc de... dans laquelle on lui promettait que sa pièce irait aux nues.

Il faudrait avoir passé par ces sortes de choses pour se faire une idée de mon bonheur. A dix-sept ans, sans fortune et sans appui, faire recevoir une pièce sur le premier théâtre de l'Europe, était un fait capable de me tourner la tête. Ah! combien je méprisai ces diatribes insolentes, journellement lancées contre les juges des pièces dramatiques! « Les comédiens, me dis-je, sont les plus honnêtes gens du monde, et d'autant plus malheureux, qu'on leur fait un crime de ne point classer parmi les diamans une pierre brute et sans valeur. Voyez, moi, j'ai fait un bon ouvrage ; ils l'ont lu, l'ont approuvé et le reçoivent ; et je suis bien convaincu que le nom du duc de... n'est pour rien dans leur jugement. Mais, à propos de ce petit stratagême, il est indigne de moi ; je me prive au surplus du plaisir de me faire connaître, et de prouver que mes coups d'essai sont des coups de maître. »

Après ce beau raisonnement, j'écrivis au directeur que le nom du duc de... n'était qu'un stratagême employé pour donner du relief à ma pièce et lui prêter un appui ; que cette petite ruse m'avait été inspirée par le peu de confiance que j'avais en mon ouvrage.

Un homme condamné à mort n'attend pas plus impatiemment ses lettres de grace, que moi la réponse du directeur, non que je craignisse quelques contre-temps, j'avais trop bien vu le comité donner des éloges à ma pièce, mais j'en attendais de nouveaux de la part du directeur, que je supposais devoir être agréablement surpris de ma petite supercherie.

Depuis trois jours je soupirais après cette réponse, lorsqu'un domestique me remit un paquet et une lettre que venait d'apporter un commissionnaire du théâtre Francais. A ce dernier mot, une sueur froide me courut tout le corps. Le cœur me manqua; et je fus obligé de m'asseoir. J'ignorais cependant ce que contenait cette lettre. Je brise enfin le cachet et lis ces mots :

MONSIEUR,

« Le comité a pris une seconde fois

lecture de votre pièce. Cette lecture, beaucoup mieux suivie que la première, lui a dévoilé les nombreux défauts de votre ouvrage ; défauts qui lui avaient échappé au premier examen, défauts enfin, que, par estime pour vous, je n'indiquerai pas; il m'en coûte déjà trop à vous dire que le comité est au désespoir de vous apprendre qu'il ne peut jouer votre pièce. Veuillez donc, Monsieur, recevoir votre manuscrit avec l'assurance de mon estime. »

J'en appelle à l'homme le plus pacifique ; pouvais-je, à mon âge, tolérer paisiblement une injustice aussi marquée, je dirai même aussi cruelle ? Les mêmes juges qui me portaient aux nues trois jours auparavant, me traînent maintenant dans la boue ! Ma rage fut en proportion de mon injure, et si dans le moment il eût fallu m'ouvrir les quatre veines pour faire donner cent coups de fouet à chaque histrion, j'y eusse consenti de bien bon cœur. Je demande à l'être le plus pacifique, si mon ressentiment n'était pas bien motivé? Puisque l'ouvrage présenté sous le nom du duc de... avait été trouvé excellent, pourquoi n'était-il plus le même sous le nom de Jules? La solution de ce problême est dans l'esprit d'intrigue, dans le despotisme, dans l'injustice et l'insolence habituelles de ces aréopages dramatiques, à qui le génie ne répugne pas de soumettre ses productions.

J'étais trop sensiblement insulté pour ne point chercher à en tirer vengeance. J'en avais un moyen infaillible; c'était de faire insérer dans les journaux, premièrement, la lettre dans laquelle le comité donnait à ma pièce les plus grands éloges, en promettant à l'auteur un succès complet; ensuite, celle où le même comité m'annonçait impudemment qu'il ne pouvait plus la jouer. Ces deux lettres imprimées en regard eussent démasqué la turpitude des misérables chargés de prononcer sur la destinée d'un honnête écrivain.

J'aurais effectué ce projet, si M. Dumeuil n'était tout à coup entré dans ma chambre. J'étais trop visiblement affecté pour qu'il ne s'en aperçût pas : « Qu'avez-vous, Jules, me dit-il, vous paraissez bien ému? » Ce digne homme m'avait trop inspiré de confiance pour ne point lui faire un sincère aveu de ce qui m'était arrivé. Aussi en connut-il bientôt tous les détails. « Voici, lui dis-je, mon manuscrit, que vous n'eussiez jamais ignoré, si je ne vous avais préparé une douce surprise. » Il parcourut à l'instant plusieurs feuillets. Levant alors un regard imposant sur moi, il mit le manuscrit en pièces. « Jeune imprudent, me dit-il ensuite, votre ouvrage annonce du talent, de l'esprit, voilà pourquoi je l'ai déchiré. Courez, malheureux, auprès de ces comédiens que vous avez injuriés et dont l'injustice a repoussé votre premier essai; tombez à leurs genoux, dites-leur : « Je vous remercie, Messieurs, de m'avoir fermé la dangereuse carrière où je voulais courir : je vous remercie de m'avoir arraché à un état qui conduit un homme d'honneur et de génie aux genoux d'une classe telle que la vôtre. Jules, vous n'avez que dix-sept ans, vous êtes sans état, sans fortune, et vous osez vous lancer dans la carrière du théâtre ! Infortuné ! tu veux donc vivre de ronces et boire du fiel ?

Eusses-tu le génie de Poquelin, tu mourrais sur un grabat avant de percer la foule qui te mépriserait parce que tu n'as pas de fortune Une bonne comédie, une comédie comme le Tartufe et l'Ecole des Femmes, est un chef-d'œuvre, non peut-être le plus utile, mais le plus difficile que l'esprit humain puisse mettre au jour. Eusses-tu le génie de créer un second misanthrope, qui te donnera les moyens de pâlir des années sur un ouvrage qui ne peut être trop médité, trop revu, trop retouché? Si tu avais trente mille francs de rente, je n'aurais point déchiré ton manuscrit. Le peu que j'en ai lu m'aurait au contraire forcé à te dire : jeune homme suis l'impulsion de ton génie, réalise les espérances que fait concevoir ton début, et donne à la France un bon poëte de plus. Crois-tu que tes succès ne m'eussent pas doucement affecté, moi, protecteur né des beaux-arts, qui en fais mes délices et les cultive en paix ? Mais non, Jules, vous êtes orphelin et sans état ; il vous en faut un fixe et nullement sujet à la morgue de quelques individus et aux caprices du vulgaire. Je me suis promis de vous servir de père ; ne m'enlevez pas le plaisir de vous mettre à l'abri du besoin. Je vous destine au commerce, et dans deux mois au plus, un de mes amis se chargera de vous y former. »

Le discours de mon père adoptif me fit une impression d'autant plus vive, que j'étais convaincu que mon intérêt seul le lui avait inspiré. Je lui promis bien sincèrement de renoncer au théâtre et d'oublier l'injustice du comité. Sous deux mois je devais entrer dans le commerce : je souriais à cette idée, parce que là j'étais sûr de trouver un état honorable et honoré. Mais le ciel, qui sans doute avait d'autres vues sur moi, ne permit pas à mon patron de réaliser ce projet.

Cinq semaines après la scène du manuscrit, M. Dumeuil tomba en paralysie. Je n'eus pas plutôt appris cet accident que je courus auprès de son lit. Je ne crois pas avoir été si douloureusement affecté. M. Dumeuil était mon père, mon ami, mon protecteur, le seul être enfin qui, dans le monde, s'intéressait sincèrement à moi. J'ai le noble orgueil de dire que je ne le payai ni d'indifférence ni d'ingratitude. Il eût fallu ma vie, je crois que je l'aurais donnée pour ménager la sienne. Naturellement fier, je ne craignis point de me faire suspecter d'intérêt, en ne voulant pas le quitter ni le jour ni la nuit. Je fis dresser un lit de sangle à côté du sien, et ses moindres besoins étaient sur-le-champ satisfaits. Il parut extrêmement sensible à ces marques d'intérêt, et peu de jours se passaient sans qu'il m'en témoignât sa satisfaction.

Le mal néanmoins empirait sensiblement, et M Dumeuil, que le médecin ne put abuser, se prépara tranquillement à rentrer dans le sein de son Dieu. Il rassembla toutes ses forces pour écrire à son fils, lui enjoignant de quitter Rome sur-le-champ, et de venir recevoir sa bénédiction et son dernier soupir. Il fit ensuite son testament, qu'il fit sceller en sa présence, et déposer dans un meuble dont il demanda la clef, qu'il remit le lendemain à son confesseur.

Il faudrait avoir été aussi attaché à mon père adoptif que je l'étais alors, en avoir reçu autant de marques d'intérêt et d'amitié, pour apprécier mes souffrances, en voyant ce digne homme prêt à m'abandonner pour toujours. Celui-là serait un bien méchant homme qui supposerait ma douleur l'effet de mon intérêt personnel. Dieu, qui m'entends aujourd'hui, tu peux lire au fond de mon cœur ; dis s'il n'est pas encore affecté de la perte de mon bienfaiteur !

Ce bon père ne désirait rien autre chose que d'embrasser son fils avant de rendre son âme à Dieu. Hélas ! il n'eut pas cette douce satisfaction. Dix jours après le départ de sa lettre, il mourut dans mes bras.

Ma douleur, proportionnée à la perte que je faisais, et réunie aux fatigues que j'avais éprouvées dans la maladie de M. Dumeuil, m'obligèrent à me mettre au lit le lendemain de ses funérailles. En peu de jours je fus dangereusement malade : les domestiques, dont je m'étais de tout temps concilié l'affection, intéressèrent à mon sort le beau-frère de M. Dumeuil qui habitait l'hôtel et soignait les affaires de son neveu en attendant son retour. J'aurais été le fils de la maison qu'on ne m'aurait pas prodigué plus de soins ; le médecin était continuellement à mon chevet.

L'état de mes affaires ne contribuait pas peu, il est vrai, à nourrir la fièvre qui me travaillait jour et nuit ; l'avenir s'offrait à moi sous les couleurs les plus sombres. Je possédais, j'en conviens, à peu près un millier d'écus argent ; mais qu'était-ce une pareille somme dans Paris, si je n'avais aucun moyen de la bien employer ? Mon peu d'espérances reposait dans la protection de M. Thuriot, et dans les conseils de

M. Breval, chez qui j'avais plusieurs fois été fort bien reçu. Ces diverses protections, quelque précieuses qu'elles fussent, me ramenaient sans cesse à cette idée affligeante, que toujours mes moyens d'existence dépendraient de la pitié d'autrui.

A ces peines secrètes, se joignait encore l'inquiétude de savoir quel accueil me ferait le fils Dumeuil. Si je suis, me disais-je, intéressé dans le testament de son père, il me croira un vil intrigant qui a profité de la bonté de l'auteur de ses jours pour en extorquer un legs. Cette idée révolta mon amour-propre, et je pris la ferme résolution, si toutefois il en arrivait ainsi, de désabuser le fils Dumeuil, en n'acceptant rien de ce que son père aurait pu me laisser. Ce projet me rendit un moment de calme, et j'attendis plus tranquillement le fils de mon bienfaiteur.

Trois semaines enfin après la mort de son père, qu'il avait apprise en route, il arrive à l'hôtel. Au bruit d'une voiture qui entrait dans la cour, je soupçonnai que c'était lui-même. Son oncle n'était pas encore rentré, il demande aux domestiques où je suis; on lui indique ma chambre; il monte, ouvre ma porte, et me presse contre son cœur. M. Jules, me dit-il, si quelque chose pouvait me consoler de la perte d'un bon père, ce serait le plaisir que j'éprouve à connaître un jeune homme qu'il honora de son estime; je connaissais mon père, et rarement il estima qui ne le méritait point. Oui, Monsieur, il fallait qu'il vous reconnût de grandes qualités pour qu'il vous permît de le nommer son père. Je sais aussi que vous m'avez remplacé pendant sa maladie, que vous lui avez prodigué les soins d'un bon fils, qu'enfin, il est mort dans vos bras, et que le regret de sa perte a failli vous donner la mort. Plus heureux que moi, Monsieur, vous avez reçu le dernier soupir de l'homme de bien : mais, si vous avez perdu un protecteur, n'oubliez pas que son fils s'estimera heureux si vous lui permettez de le remplacer.

C'en était trop pour un cœur aussi facile à s'attendrir que le mien. De grosses larmes roulaient de mes yeux sur ma poitrine, et je ne retrouvai plus de voix pour répondre au fils Dumeuil. Calmez-vous, me dit-il affectueusement, vos larmes me tiennent lieu de réponse : il n'en est pas de plus éloquente ; elle prouve la bonté de votre cœur. Un domestique vint avertir que l'oncle venait de rentrer ; il me quitta en promettant qu'il ne tarderait point à revenir.

Quel chrétien, assez peu convaincu de la bonté de son Dieu, n'aurait point, à ma place, rapporté à sa divine protection le bonheur imprévu dont il m'accablait ? J'avoue avec plaisir que je ne pus méconnaître sa main dans les généreux procédés de monsieur Dumeuil. Les douces larmes que j'avais répandues, et la certitude d'avoir trouvé un nouveau protecteur, versèrent dans mon sang le baume de la santé. Je me trouvai assez fort pour me lever et descendre au salon ; mon jeune protecteur me gronda généreusement de mon trop de précipitation ; je l'assurai que depuis son retour je me trouvais le double plus fort que j'étais auparavant ; nous causâmes ensemble d'une foule de détails domestiques dont il avait le plus grand besoin. Savez-vous, me dit-il, que mon père a fait un testament ? Voici la clef du meuble qui le renferme; c'est son confesseur qui vient de me la remettre. » Je devins à ce peu de mots d'une pâleur mortelle : Dumeuil s'en aperçut. Hé bon Dieu! qu'avez-vous, s'écrie-t-il? — Rien, Monsieur, rien. Vous avez touché une corde bien sensible pour moi; oui, fils de mon père adoptif, je crains que le généreux auteur de vos jours m'ait intéressé dans son testament; que cette circonstance ne m'enlève votre estime et votre amitié. Mais, non, je ne la ferai pas cette perte inappréciable! et dès aujourd'hui je regarde comme nulles toutes dispositions à mon avantage contenues dans le testament. — « Et moi, réplique vivement le jeune Dumeuil, je regarde les volontés de mon père comme sacrées; et je ne connais personne au monde, sans m'excepter, qui ait le droit de les altérer. Jules, vos sentimens vous font honneur, je ne les oublierai de ma vie; mais, croyez-moi, n'outrez point la vertu et profitez des biens que le ciel vous envoie, surtout quand le don de ces biens n'enlève rien à la veuve et à l'orphelin. Je connais les volontés de mon père à votre égard; elles sont contenues dans sa lettre; et je vous jure sur l'honneur qu'elles sortiront leur plein effet. »

Je vis bien qu'il ne me restait plus d'objections à faire. « Monsieur, lui répondis-je seulement, votre père n'est pas mort tout entier; il vous a légué ses vertus et j'en profite. »

M. Dumeuil n'avait alors que vingt-deux ans. Riche de quarante à cinquante mille francs de rente, il était à la veille d'épouser une héritière qui lui en apportait à peu près le double. Idolâtre des beaux-arts, il les cultivait sans ostentation, et sa vie était une moisson continuelle de connaissances en tous les genres.

Huit jours après son arrivée il fit l'ouverture du testament. Ce qui m'était relatif y était ainsi conçu : « Si mon cher fils, comme je n'en doute pas, respecte mes dernières volontés, il continuera de protéger le jeune orphelin qui, jusqu'à mon dernier soupir, m'a prodigué les soins d'un bon fils et donné les marques les moins suspectes d'un sincère attachement. Jules mérite la protection d'un homme de bien par la pureté de ses mœurs et la docilité de son caractère. Je lui lègue aussi une somme de dix mille francs pour lui aider à prendre un établissement lorsqu'il aura quelques années de plus. »

Je voulus me récrier sur ce dernier article ; mais le fils Dumeuil me ferma la bouche, en me disant : « Si vous respectez la mémoire de votre bienfaiteur, ne contrariez point ses intentions. » Je me jetai sur la main du jeune homme que j'arrosai des larmes de la reconnaissance. Cette scène, à laquelle plusieurs personnes étaient présentes, me concilia l'estime générale. Je ne fus plus ce malheureux funambule, cet orphelin sans appui, sans éducation, sans principes; je fus homme de bien; je sentis la force de cette épithète, j'eus des amis, et de véritables amis.

Jules, me dit un jour mon protecteur, vous êtes encore trop jeune pour songer à vous établir. Mes occupations nécessitent un secrétaire, restez quelques années près de moi en cette qualité. « Toute la vie, Monsieur, m'écriai-je avec la vivacité d'un cœur fortement ému! » — J'en suis parfaitement certain, mon jeune ami; car désormais ce sera le titre que mon cœur vous donnera : quant à vos appointemens, je me charge de les fixer à votre satisfaction. Votre legs va vous être payé sur-le-champ; vous le placerez, et par-là vous aurez un petit revenu que vous grossirez avec le temps.

Quand on rencontre de pareilles gens dans la société, on est tout glorieux d'exister et de respirer le même air; c'est alors, que, si j'en crois mon cœur, on voudrait avoir mille vies pour les leur sacrifier.

L'année suivante, monsieur Dumeuil prit une épouse digne de lui. Son temps se partagea alors entre la tendresse et l'étude. J'étais moins son secrétaire que son ami : je m'étonnais que le père et le fils, possédant toutes les qualités qui font les bons écrivains, n'eussent jamais voulu rien livrer à l'impression. J'en fis un jour la remarque à mon jeune patron. « Nous sommes nés trop sensibles, me répondit-il, pour nous exposer aux chagrins inséparables de quiconque écrit; le plus brillant succès ne dédommagerait pas un cœur tel que le mien d'une seule critique injuste. Je vis avec les auteurs, je les commente et les admire, mais ne voudrais pas l'être. Je les regarde comme une classe d'hommes qui sacrifie son repos au bonheur du genre humain. » La sagesse en personne ne s'exprimait pas mieux; et de tout ce que j'ai entendu depuis que je suis né, c'est la seule chose que j'aie retenue avec plus de plaisir.

Depuis quatre ans que j'étais attaché à Messieurs Dumeuil père et fils, j'étais heureux autant qu'un mortel peut l'être; mon bonheur même passait mes espérances. Je n'avais plus que de légers souvenirs de ma première abjection, et j'aurais défié le plus petit chagrin d'arriver jusqu'à moi. J'étais de tous les plaisirs de mon patron, et le spectacle n'était pas un de ceux que j'affectionnais le moins. Un soir que j'étais dans une loge aux Français, je vois à côté de moi un homme dont les traits ne me sont pas inconnus ; je le regarde plus attentivement, je le reconnais, c'est Patris, ce malheureux qui m'avait enlevé à ma famille. Mais alors je l'ignorais ; et plût à Dieu n'en avoir jamais été instruit ! Je ne puis définir l'effet que produisit sur moi cette rencontre imprévue. Ce n'était pas seulement de la surprise, c'était quelque chose de pénible dont je ne pouvais me rendre compte. Il me reconnut aussitôt que moi. « Quoi ! me dit-il, c'est vous, mon cher Jules? dans quel état brillant je vous retrouve! vous avez sans doute quitté votre état? vous avez bien fait, si vous avez trouvé mieux.

On fait toujours mieux, lui répondis-je, quand on abandonne une profession méprisable pour en prendre une que le public honore. — Comment donc, des principes !... Mais, point de discussion; chacun sa morale, et sot qui condamne celle d'autrui. Parlons d'autres choses. J'ai fait en Hollande une espèce de petite fortune dans le commerce. Le besoin de revoir ma patrie m'a fait faire quelques sacrifices envers la famille qui me poursuivait pour crime de rapt. Cette affaire une fois assoupie, je suis revenu en France avec ma compagne, aujourd'hui ma légitime épouse. Ce n'est point une femme, mon ami, que le ciel m'a donné, c'est un ange. Outre ma fortune; que je lui dois par le bon ordre qu'elle sut mettre à mes affaires, je lui dois encore la paix du cœur. Sa douceur et ses conseils m'ont ramené à des plasirs doux, purs et tranquilles. Je ne me reconnais plus, et tout ce qui sent le tumulte me fait mal. J'ai acheté une assez jolie maison rue du Montblanc; là, au milieu de mon épouse et de deux charmans enfans dont elle m'a rendu père, je goûte un bonheur que tout l'or du monde ne saurait procurer. Venez, Jules, visiter quelque jour cette paisible demeure; vous y verrez dans le calme le plus parfait, un homme qui toute sa vie affronta les orages.

Trop en garde contre le narrateur, je ne balançai point à accepter son offre. Le lendemain je me rendis chez lui. Il ne m'en avait point imposé. Je trouvai une maison charmante et très-proprement meublée. Deux jeunes et jolis enfans vinrent s'accrocher à mes habits et me charger de leurs innocentes caresses. L'un d'eux se nommait Jules comme moi : son père lui avait dit que j'avais été aussi son enfant ; mais, de tout ce que je vis dans cette maison, ce qui me ravit le plus en admiration, ce fut l'épouse de Patris. Sur son front régnaient tour à tour la pudeur, la modestie, et la paix de l'âme ; fort belle femme sous le nouveau costume que sa fortune lui permettait de porter, elle en avait encore l'aisance réunie aux manières d'une femme bien élevée : tout chez elle respirait l'ordre et l'économie, sans nuire aux honneurs qu'elle faisait à qui fréquentait sa maison. Elle sut m'inspirer tant de confiance que je lui racontai ce qui m'était arrivé depuis que j'avais quitté son mari : je lui donnai même mon adresse. Je suis charmée, Monsieur, me dit-elle, de vous voir rendu à un état plus décent ; il est si doux de n'avoir pas à rougir de ses moyens d'existence ! Plusieurs personnes vinrent lui rendre visite ; quelques unes restèrent à dîner ; toutes étaient de ce qu'on appelle la bonne compagnie. Le dîner fut délicieux sans profusion ; enfin en tout et partout on appercevait la main d'une mère de famille qui sait faire les honneurs de sa maison sans prodiguer la moindre chose mal à propos.

Un torrent d'idées vint m'accabler en sortant de cette maison. Quel est donc, me dis-je, le cercle où nous vivons ? quelle main dirige aussi bizarrement nos destinées ? Qu'une femme vulgaire, élevée à la garde des criminels, entraînée dans une première faute, l'unique peut-être qu'elle pût commettre; qu'une telle femme, dis-je, soit, dans la suite, une épouse fidèle, sage et vertueuse, excellente mère de famille et le modèle de son sexe, cela ne me surprend pas; elle avait au fond de son cœur le principe de toutes les vertus, et Dieu ne l'abandonna jamais; mais qu'une telle femme devienne la compagne d'un scélérat tel que Patris, qu'elle prenne un empire sur lui, qu'elle le tire du bourbier, qu'un tel homme servi par la fortune soit à la fois heureux époux, heureux père et le plus fortuné des mortels, c'est ce que je ne comprends pas et ne puis accorder avec l'équité divine.

Cet homme enfin n'est pas un être fictif sorti du cerveau d'un romancier; il a vécu, je l'ai connu, et notre révolution a parsemé la France de ses semblables.

A la porte de ce mortel, qu'attendait la paille des cachots, et qui maintenant dort tranquillement sur l'édredon, gémit peut-être un honnête homme sans pain et sans asile. Idée terrible que je ne veux point creuser, que j'approfondirais néanmoins si je ne savais que l'infortuné ici bas trouvera sa récompense dans le ciel.

Nous étions alors à la fin d'avril; M. Dumeuil me prévint que nous allions partir pour une terre que son épouse avait près Saint-Amand en Berri. En effet, quelques jours après nous partîmes.

Cette terre, d'un assez riche rapport, n'avait d'autre habitation qu'un antique château assez bien conservé et surtout distribué de manière à passer agréablement la belle saison. Ce pays est, selon moi, le type de l'ancienne Gaule; on y retrouve encore aujourd'hui l'originalité des anciens Gaulois. Excepté les plus fortes villes, vous y trouvez partout nos antiques habitudes ; et rien n'est plus commun que de voir un pâtre chanter la même chanson que l'on chantait il y a deux siècles. C'est le pays de la France que le génie de la révolution a le plus respecté.

Près du manoir que nous habitions était une très-jolie maison de campagne, habituellement occupée par la veuve d'un officier français. Madame Dumeuil s'empressa de rendre visite à cette dame, dont tout le monde faisait l'éloge ; mais Emilie de Budoy n'avait pas besoin d'être longtemps fréquentée pour être parfaitement connue. Sa figure était l'image de son âme, et jamais il n'en fut de plus belle. Quant à ses autres qualités, imaginez, s'il est possible, une femme de trente-quatre ans, à qui vous n'en donneriez jamais plus de vingt-deux ; réunissant à la plus parfaite beauté, la douceur, la modestie, et ce sourire enchanteur qui nous séduit et nous entraîne, vous aurez alors le portrait de la belle veuve. La première fois que je la vis, je pensai voir le bonheur en personne. J'aurais troqué dix ans d'existence avec elle, contre un siècle avec une autre. Mais la fortune avait mis, entre elle et moi, une distance que je croyais infinie, et qui l'était en effet, si un événement imprévu n'avait pris soin de l'abréger.

Emilie de Budoy, aussi souvent chez nous que chez elle, me fournit les occasions de l'apprécier dans tous ses détails. Quel trésor ! il faut en avoir été possesseur pour en sentir le prix. Bientôt je l'idolâtrai secrètement ; au prix de mon sang je ne lui n'aurais pas fait l'aveu de ma passion, tant elle m'inspirait de respect et d'estime. Ce tendre sentiment perçait néanmoins sur tous mes traits et dans mes moindres actions. M. Dumeuil, trop sage pour l'encourager, se contenta de ne m'en point parler. Depuis trois mois j'étais heureux du seul bonheur de voir celle que j'idolâtrais. Ce plaisir, qui n'en serait point un pour d'autres jeunes gens, remplissait délicieusement le vide de mon âme et suffisait pour le moment à mon bonheur. Tout à coup on est averti de toutes parts, qu'un loup terrible dévaste la province que nous habitons. Cet animal, d'une grandeur et d'une force prodigieuses, n'était point enragé : furieux seulement par instinct, il se ruait sur les hommes et les animaux qu'il mettait en pièces. Déjà le Berri comptait plusieurs de ses victimes, quand nous apprîmes son existence ; cependant, comme il n'avait point encore paru dans le canton, nous prîmes fort peu de précautions pour l'éviter.

Un après dîner, madame Dumeuil, son amie et moi, nous nous promenions à l'entrée de la forêt qu'avoisine notre demeure : tout à coup le bruit de quelque chose qui semblait venir à nous suspend notre marche ; bientôt nous aperçûmes, à deux portées de fusil à peu près de distance, une bête furieuse que la frayeur nous empêcha de reconnaîtrre. L'instinct de notre conservation nous fit à l'instant prendre la fuite, chacun de notre côté. Je n'avais pas fait dix pas que j'entends un cri perçant ; je me retourne, je vois un loup monstrueux se précipitant sur madame de Budoy. Tout à coup le monstre n'a plus rien qui m'épouvante ; je pousse un cri menaçant ; il fait volte-face et vient droit à moi : je l'évite de côté et me jette sur son dos ; mes mains alors se cramponnent dans la peau de son cou ; mes doigts s'y enfoncent, et pour m'en détacher, il eût fallut me couper les deux poignets. J'étais posé de façon que la dent de l'animal ne pouvait m'atteindre. Ma résistance l'irrite, et je le vois redoubler d'efforts pour se débarrasser de moi ; mais c'est en vain, j'en suis aussi inséparable que sa peau. Alors il s'agite en tous sens, se cabre et retombe, frappe la terre avec mon corps, m'entraîne et me roule à travers les halliers, les ronces et les épines. Mon sang ruisselait de toutes parts, et mon corps n'était qu'une plaie ; mais un Dieu me prêtait sans doute des forces, et mon féroce ennemi ne pouvait se détacher de moi pour me dévorer. Totalement épuisé d'une lutte inutile, qu'agravait encore le poids de mon corps, il finit par s'accroupir pour respirer; ce fut alors que tous les gens de madame Dumeuil, accourus aux cris de leur maîtresse, me rencontrèrent plus fortement cramponné sur l'animal haletant de rage et de colère. La vue du péril qui le menaçait lui rendit encore quelques forces; mais, frappé de toutes parts, il ne peut se relever: mes mains étaient si furieusement enfoncées dans ses chairs et dans sa peau, qu'il ne respirait plus, que j'étais encore attaché sur lui.

La chute du monstre fut aussi le signal de mon évanouissement. On m'emporta au logis, et je devins l'objet de l'intérêt général. Deux médecins furent appelés. Ma vue les remplit de frayeur et de pitié.

Je n'étais en effet que plaies et sang. Plusieurs épines étaient entrées dans mes chairs et s'étaient brisées à la superficie ; mon visage était, je ne sais trop pourquoi, une des parties de mon corps la moins maltraitée.

Les gens qui étaient venus à mon secours avaient trouvé Émilie encore privée de connaissance. J'ai su depuis qu'aussitôt qu'elle eut repris ses sens, elle avait demandé ce que j'étais devenu et si je n'avais pas succombé. En apprenant que j'étais dangereusement blessé, elle s'était écriée : « Grand Dieu ! si la prière qu'une faible mortelle qui ne t'offensa jamais volontairement, peut aller jusqu'à toi, reçois la mienne, exauce-la, calme les souffrances de mon généreux libérateur, conserve ses jours ou prends les miens. » Sitôt qu'elle aperçut le médecin : Monsieur, lui dit-elle avec la chaleur d'une vive émotion ; sauvez ce jeune homme ; ne ménagez rien ; trop heureuse mille fois si toute ma fortune pouvait le rendre à la vie !

Une fièvre brûlante cependant me dévorait ; je ne voyais plus, je n'entendais rien ; je ne parlais pas ; quinze jours entiers je ne tins à la vie que par un fil ; enfin, la force de mon tempérament l'emporta sur la quantité de mes blessures ; je revis la lumière et commençai à distinguer les objets.

Ce léger indice de retour à la santé ranima l'espoir de mes tendres amis, qui tous étaient alors à mon chevet. Je promenai mes regards sur ce groupe intéressant. Je les arrêtai malgré moi sur une femme éplorée, c'était Émilie, c'était un ange ; et certain frémissement se fit soudain sentir dans tout mon individu. C'était la mort qui me quittait pour faire place à l'amour. Il me semblait qu'un baume salutaire coulait dans mes veines et rafraîchissait mon sang. Un jour que j'étais perdu dans un songe délicieux, je prononçai plusieurs fois le nom d'Émilie. Je me réveille encore plein de mon bonheur, que vois-je? Émilie seule à mon chevet! le coloris de la confusion se répandit sur mon visage. Je n'osai lever les yeux sur mon amante, craignant de lire dans ses traits l'effet de son mécontentement. « Vous êtes toujours agité, me dit-elle; calmez-vous, mon jeune ami; vous avez besoin d'être tranquille, et vous ne devez être occupé que de vous rétablir. » Dans la bouche d'une femme adorée, un mot indifférent nous paraît souvent une injure, et nos sentimens prêtent à ce qu'elle dit sans dessein, un sens tout opposé à ce qu'elle pense. Emilie me parlant d'autre chose que du rêve dont elle avait été témoin, me convainquit que mon fatal amour lui déplaisait. Cette horrible idée se burina dans mon cœur, et la vie me parut un fardeau. Je me concentrai tout entier dans mon chagrin. Je ne voulus plus souffrir mes rideaux ouverts; le jour m'importunait. Mon généreux protecteur, son épouse, mes plus chers amis, m'étaient indifférens et n'osaient plus me parler. Si quelque chose soulevait encore ma tête de dessus l'oreiller, c'était la voix d'Emilie. Un des médecins fit cette remarque, et, en habile homme, il conclut que les maux de l'âme l'emportaient chez moi sur les maux physiques. Diverses autres observations le convainquirent que j'adorais Émilie, et qu'elle seule pouvait fermer sous mes pas la tombe prête à m'engloutir.

L'état déplorable où je me trouvai en peu de jours, lui fit un devoir de s'expliquer sur mon compte devant les personnes qui s'intéressaient à mon sort. Voici ce qu'il dit à Emilie, en présence de M. Dumeuil et de son épouse : « Madame, les devoirs de mon état me commandent de ne vous rien cacher de ce qui regarde le malade. N'oubliez point que ce ne sont pas des conseils que je vous donne, mais seulement un simple exposé que je vous fais. Toutes les ressources de mon art ne peuvent désormais plus rien sur les maux de ce jeune homme. Ses blessures ne sont point ce qui le tourmente. La plaie est dans son cœur ; vous seule pouvez la cicatriser : Madame, il vous aime. Probablement qu'il est convaincu que trop de distance existe entre vous et lui, puisqu'il renferme son amour au fond de son cœur. Je ne puis vous cacher qu'il n'a pas trois jours à vivre, s'il n'entre pas dans vos vues de lui donner quelques espérances. Vous pouvez, en un mot, ou lui rendre la vie ou lui donner la mort. »

Ce discours surprit bien moins Emilie que M. Dumeuil et son épouse. La belle veuve connaissait mon secret. Son nom, prononcé plusieurs fois au milieu d'un songe délicieux, lui avait appris que je l'adorais. Son parti là-dessus était déjà pris. Monsieur, répondit-elle au médecin, si, avant tout, il faut donner des espérances à mon généreux libérateur pour l'arracher au trépas qui le menace, je me croirais indigne du jour si je les lui refusais. Sauvons-le premièrement ; je travaillerai ensuite à le défaire d'une passion que désap-

prouve la différence de nos âges. »
M. Dumeuil, trop délicat pour solliciter en ma faveur, applaudit néanmoins au projet de la jolie veuve, qui le même jour le mit à exécution. Jules, me dit-elle en ouvrant quelque peu mes rideaux, pourquoi vous tournez-vous toujours de l'autre côté? Craignez-vous d'entrevoir vos amis? Ne les privez pas du plaisir d'épier sur votre figure les signes de votre guérison. Jules, ne soyez pas généreux à demi; sauvez-moi une seconde fois la vie, en repoussant loin de votre cœur tout ce qui peut l'affliger. C'est Emilie qui vous en conjure. » Ces douces paroles me retournèrent subitement du côté de l'ange qui les avait prononcées. Mes regards, pleins de douleur et d'expression, s'arrêtèrent sur les siens, et mes yeux se remplirent de larmes. Emilie, née

sensible et compatissante, ne put tenir à ce spectacle. Sa main vint se placer dans la mienne qu'elle serra avec la plus vive émotion. O doux pouvoir d'une femme adorée ! ta main a reposé un moment dans la mienne, et cette légère faveur a déjà pacifié mon cœur et désattristé mes idées. Déjà le fluide de l'espérance circule dans mes veines et rafraîchit mon sang. Ton approche est la baguette mystérieuse qui donne au trépas les couleurs de la vie.

L'espoir de rendre madame de Budoy sensible à mes vœux m'eut bientôt mis hors de danger. Emilie crut ne devoir pas encourager plus long-temps un amour qu'elle redoutait plutôt par bienséance que par insensibilité. « Jules, me dit-elle en s'asseyant à mon chevet, vous voici comme je vous désirais depuis long-temps, c'est-à-dire hors de danger et en état d'entendre la voix de la raison... A ces mots seuls, une pâleur effrayante décomposa tous mes traits; des globules de sang jaillirent de mon nez, je me trouvai mal : mais cet évanouissement ne fut que passager. Le sang s'arrêta, et je repris connaissance. Je priai Emilie de rester un moment seule avec moi. « Madame, lui dis-je, je prévois ce que vous avez dessein de m'apprendre. Par pitié, ne vous expliquez pas davantage. Laissez à la nature, affaissée sous le poids de ses souffrances, le soin de vous débarrasser d'un infortuné que rien ne peut soustraire au sort qui l'attend.

Emilie, si vous avez surpris mon secret, je jure sur l'honneur que jamais vous ne l'eussiez appris de ma bouche. Je connais toutes les distances qui me séparent de vous : et si quelque chose peut me consoler de l'impossibilité de vous appartenir, c'est l'espoir à la fois doux et terrible de n'exister bientôt plus. « Emilie, laissez-moi ; plus d'explications ; chaque mot serait un jet de plomb fondu que vous feriez couler dans mes veines. » Un mouvement convulsif me retourna de l'autre côté du lit.

Emilie, fort embarrassée sur le parti qu'elle avait à prendre, courut rendre à monsieur et madame Dumeuil le discours que je lui avais tenu. Quoique bien décidé à laisser mon amante se prononcer librement dans cette affaire, mon protecteur, vivement affligé de ma position, ne put retenir ces mots : « C'en est fait ; c'est un jeune homme perdu ; c'est un excellent sujet de moins ! ». Ce peu de mots fit un effet décisif sur le cœur de madame de Budoy. « Non, Monsieur, s'écrie-t-elle en pressant fortement la main de monsieur Dumeuil, votre jeune protégé n'est pas perdu : je ne donnerai pas la mort à qui me sauva la vie au prix de tout son sang. Je vous dirai même plus, je ne me sacrifie point. Suivez-moi, je vous prie, au lit de ce jeune homme. » En effet, quelques minutes après, ils entrèrent dans ma chambre. « Jules, me dit une voix que je n'entendis jamais sans un doux frémissement, veuillez vous retourner de mon côté. Je lui obéis, la pâleur de mon front et la sueur qui en découlait faillirent lui arracher un cri. Sa main vint essuyer mon visage, et cette marque d'amitié colora quelque peu mes traits. Que devins-je, lorsqu'elle me fit entendre ces célestes paroles? Jules, voici vos amis qui vous prient de vous conserver à leur tendresse; quant à moi, je vous en conjure comme une personne qui bientôt sera votre épouse. Mon cœur vous donne aujourd'hui ce titre; hâtez-vous de recouvrer la santé, et de venir recevoir aux pieds des autels les sermens que je vous fais ici. »

On ne meurt pas de joie; s'il en était ainsi je n'aurais pas survécu aux paroles d'Emilie. Me jeter sur sa main et la couvrir de baisers, fut l'unique preuve que je pus lui donner de ma brûlante reconnaissance; tout mon être prit part au délire de mon cœur. En cinq semaines je fus parfaitement rétabli. Emilie me prévint qu'on lui avait enlevé son unique enfant à l'âge de trois ans, et qu'elle devait provisoirement régler ses droits, dans le cas où le ciel lui procurerait l'ineffable bonheur de le retrouver. Je plaidai moi-même la cause de cet enfant malheureux. Ce n'était point la fortune de madame de Budoy que j'ambitionnais ; c'était Emilie, Emilie seulement. Si ma richesse eût égalé celle de mon amante, et si l'intérêt eût été mon guide, il eût été plaisant de me voir chicaner les droits du fils qu'elle avait perdu. J'aurais pourtant, dans toute la force du terme, plaidé contre moi-même. Mais n'anticipons point sur les faits.

Il luit enfin ce jour si vivement désiré, ce jour le plus beau de ma vie, quelle que soit la catastrophe qui l'a suivi. Je presse contre mon cœur la plus belle, la plus sage, la plus tendre des épouses. Quels sont donc les plaisirs que l'on goûte dans le ciel, s'ils surpassent ceux que je trouvai sur le cœur d'Emilie ? Le matin qui suivit la première nuit de mon bonheur, mon épouse, étonnée de l'heureuse expression qui régnait dans tous mes traits, me dit : « J'ai pourtant trente-quatre ans, mon jeune ami. » Je la prends alors dans mes bras, je la porte devant une glace : dis-moi, maintenant, chère Emilie, quel âge a cette tête charmante ? Un baiser fut ma récompense.

C'était alors que je pouvais m'écrier, Dieu de bonté ! protége tes autres enfans ; j'ai atteint la cime du bonheur, de nouvelles faveurs m'écraseraient.

Au retour de la mauvaise saison, nous suivîmes nos amis dans la capitale ; mais ce fut de notre part un pur acte de complaisance, car la terre que nous habitions était pour nous un nouvel Eden.

Sur la fin de l'hiver, Emilie devint grosse et tomba malade. Les médecins déclarèrent que le climat de Paris ne lui convenait pas dans la position où elle se trouvait. Il en fallait moins pour me décider à retourner en Berri. Nos amis furent les premiers à nous conseiller cette séparation, qui nous affligea vivement les uns et les autres. Nous revîmes avec plaisir la maison qui nous retraçait de si doux souvenirs. A peine y fûmes-nous arrivés, que mon épouse reprit son embonpoint et sa santé. Au bout de six mois elle me donna un fils aussi beau que sa mère : c'est mon Théodore. Deux ans après Pauline reçut le jour ; adorable enfant qui, tous les jours, rappelle à mon souvenir que j'avais eu pour épouse une des plus belles femmes du royaume.

Ce fut à cette époque que j'achetai le château et la terre de Lorges dont je pris aussitôt le nom. Depuis six mois nous y étions heureux et tranquilles, lorsque le jeune baron de Budoy, qui habitait une de ses terres en Auvergne, m'écrivit de venir passer quelque temps chez lui avec ma famille, espérant que la société de mon épouse dissiperait la noire mélancolie de la sienne.

Le baron était parent d'Emilie du côté de son premier mari. Il avait su en apprécier ses belles qualités et gagner notre estime pendant un séjour qu'il fit auprès de nous. Je communiquai sa lettre à mon épouse, qui consentit volontiers à faire ce voyage, si toutefois cela me faisait plaisir. Je ne fus point fâché de lui donner cette petite distraction ; et quelques jours après nous arrivâmes chez le baron. Son épouse, jeune et jolie, portait néanmoins dans tous ses traits l'expression d'une noire mélancolie et d'un chagrin concentré. Mon Emilie lui convint au premier coup-d'œil; et quel être au monde n'eût point ambitionné la société de ma compagne! J'ignore quel ascendant elle prit sur sa cousine, mais en peu de temps, les traits de cette dame, naguères sombres et sourcilleux, se nuancèrent du coloris de la gaîté; le calme reparut sur son front et dans son cœur. Le baron, qui idolâtrait son épouse, regarda Emilie comme un ange tutélaire qui avait ramené la paix et le bonheur dans sa famille. Infiniment aimable lui-même et de la meilleure société, il nous procura tous les plaisirs que l'on peut goûter à la campagne. J'avais encore une distraction très-agréable à mon cœur, c'était ma correspondance suivie avec M. Dumeuil qui me mettait au cours des événemens de la capitale.

Depuis quatre ans enfin j'étais le

plus heureux des pères et le plus chéri des époux. Chaque jour je découvrais dans mon Emilie mille brillantes qualités qui me l'auraient rendue plus chère, si j'avais pu la chérir davantage.

Il y avait six mois que nous habitions la terre du baron ; que je croyais n'y avoir passé que huit jours, tant nos plaisirs y étaient variés et de mon goût. Mon bonheur avait sans doute dépassé les bornes de la félicité humaine ; et Dieu voulut m'apprendre qu'il n'est point de prospérité constante sur cette terre de calamités.

Un soir, en rentrant d'une longue promenade, on me dit qu'il était arrivé de Paris un gros paquet à mon adresse. Comme il était fort tard, je remis au lendemain à l'ouvrir.

Le matin qui suivit cette soirée, le soleil était déjà bien avant sur l'horison quand je me réveillai. J'arrêtai mes regards sur ma ravissante épouse, encore endormie à mes côtés. Son haleine était un parfum, et jamais je ne l'avais vue aussi belle. Quelques baisers l'arrachèrent au sommeil, et bientôt je la pressai sur mon cœur. Ivre encore du bonheur que je venais d'éprouver, je me ressouvins du paquet qui m'était arrivé la veille. Je sonne un domestique et lui commande de me l'apporter. Je ne fus pas peu surpris de voir un assez gros volume d'effets renfermés dans une toile cirée, auquel était jointe une lettre que je reconnus pour être de l'écriture de M. Dumeuil. « C'est sans doute quelque cadeau de la part de nos amis, me dit mon épouse ; et tout de suite elle développa le paquet. « Grand Dieu ! s'écrie-t-elle en apercevant ce qu'il contenait, ce sont les vêtemens que portait mon fils quand il me fut enlevé ! » On la connaît ; on peut donc se faire une idée de sa joie ou plutôt de son délire. Une foule de baisers couronna sur-le-champ mon front et s'arrêta sur mes lèvres. J'ouvris alors la lettre de mon ami : il m'écrivait qu'en son absence, un domestique qui ne s'était point nommé avait remis au portier de l'hôtel ce paquet à mon adresse ; et qu'à son retour au logis il s'était hâté de me l'expédier. . . . .

Mon épouse et moi examinâmes ce qu'il contenait. Nous y trouvâmes huit pièces : un pantalon et une petite veste de drap vert, une chemise marquée au nom de Budoy, une paire de bas, des souliers, une collerette, un mouchoir et un chapeau retroussé à la Henri-IV, au fond duquel était encore l'adresse du chapelier qui l'avait vendu. Emilie avait passé de la joie au désespoir, de ne rien trouver qui lui indiquât où était son fils. Je fouille dans la poche de la veste; j'y trouve une lettre à mon adresse; je la décachette, je lis :

« Jules, quand vous recevrez cette lettre, je ne serai plus. N'ayant plus rien à craindre ni des lois ni des hommes, je me hâte de vous dévoiler un secret qui sans doute me rendra à vos yeux le plus coupable des mortels, secret que j'ai gardé jusqu'à ce jour, parce que j'ai toujours craint de me compromettre en vous l'apprenant. Ces habits que je vous envoie sont ceux que vous portiez lorsque je vous enlevai sur les boulevards de la capitale. Vous appartenez sans doute à une honnête famille; cherchez-la, découvrez-la, soyez heureux, c'est le seul vœu que je forme en fermant cette lettre et en rentrant dans le néant. »

PATRIS.

Mon épouse n'avait point entendu les derniers mots de ce billet. J'étais son fils; j'avais puisé la vie dans le sein que j'avais fécondé! L'infortunée était privée de connaissance. Je m'habillai à la hâte et sonnai ses femmes, qu'elle congédia sitôt qu'elle eut repris ses sens. Je laisse au peintre le plus hardi à rendre notre embarras et notre confusion. Un regard que je laissai tomber sur Emilie, que la douleur avait, je crois, rendue plus ravissante, mit tout à coup fin à ma cruelle indécision; et sans consulter le ciel, la nature et les hommes, je jurai secrètement et irrévocablement de ne point abandonner le trésor que les lois et la religion avaient mis entre mes mains. Abandonner Emilie! me priver de ses douces caresses ! tous les enfers réunis et présens n'eussent point obtenu ce sacrifice ; il était au dessus de mes forces ; un coup de foudre pouvait seul opérer ce prodige. Mon irrévocable résolution avait besoin d'être exposée avec calme et surtout avec une sévère précision qui ne laissât point à mon épouse l'espoir de me voir changer de sentimens. Que m'importait que mon raisonnement fût des sophismes ; j'étais en pouvoir de les rendre des vérités, d'où je conclurais mon bonheur. Si ma position était au dessus des événemens ordinaires, ma volonté se plaça au dessus des bienséances et des opinions reçues. Posséder toujours mon adorable épouse et mépriser tous les contrats sociaux, devint chez moi un projet fixe, immuable, que la mort seule pouvait anéantir. Emilie, dis-je en la faisant asseoir à mes côtés, je ne prétends point toucher la corde délicate de votre maternité. Ma mère est morte du jour où je vous donnai la main : ainsi le voulut la Providence quand elle permit que cela fût. Je ne prétends point me punir de ses jeux ou de ses erreurs, si toutefois mon union en est une de sa part. Si Patris fut un scélérat je ne serai point sa victime. Vous êtes ma compagne chérie, mon épouse idolâtrée, la mère de mes enfans, mon bien, mon être, l'air que je respire ; je vous ai reçue par un contrat approuvé de Dieu et des hommes ; et un coup de foudre du ciel irrité peut seul briser le lien qui nous unit. Je dis plus, je ne le crois pas possible dans l'équité divine ; nous ne sommes point coupables, et je ne le serai jamais, parce qu'il est au dessus de mes forces de vous abandonner. Dieu ne punit pas un délit forcé. Si vous croyez que je m'abuse, peu m'importe : je vous exprime ma volonté et rien ne peut m'en faire changer, pas même vos prières et vos larmes. C'est vous répéter que la mort seule peut vous soustraire à mes embrassemens. Si la veuve de Budoy, oubliant qu'elle est mon épouse et madame Delorges, que sa perte me donnerait la mort, voulait invoquer contre moi les lois, je lui déclare que je vais anéantir les seules preuves qu'elle pourrait apporter en sa faveur. » Je sonnai un domestique, qui alluma du feu sur-le-champ. Les habits de mon enfance et la lettre de Patris furent bientôt réduits en cendres. Ces preuves une fois anéanties, je continuai : « Maintenant, Madame, quel parti prenez-vous ? » Perdue dans un torrent d'idées, elle ne repondait rien. Je courus chercher mes jeunes enfans, je les pris sur mes bras et les apportai sur les genoux de leur mère. — Tiens, cruelle épouse, voilà ta fille et ton fils, fais-en, si tu veux, deux orphelins, et donne la mort à leur père. La scène était à la fois pathétique et terrible. De grosses larmes roulaient dans mes yeux; mes enfans étreignaient leur mère de leurs bras caressans et débiles, et versaient des pleurs parce qu'ils la voyaient pleurer. Emilie ne put tenir à ce tableau déchirant. Elle arrête ses regards sur moi et les rapporte sur ses jeunes enfans: C'en est fait, s'écrie-t-elle, je n'ai plus d'espoir que dans la miséricorde de Dieu; Jules, mon époux, viens dans mes bras!... Je m'y précipitai. Quel groupe!... Il eût désarmé le courroux céleste.

On pense bien que nous gardâmes le plus profond silence sur cette scène. Je continuai à chérir mon épouse comme auparavant. Ce ne fut cependant plus la tendre Emilie, s'abandonnant mollement à mes caresses ; ses lèvres ne venaient plus chercher les miennes ; ses soupirs avaient quelque chose de pénible et de concentré. Plus d'une fois je la surpris versant des larmes au milieu de nos plus doux embrassemens. Bientôt le coloris de la beauté, naguères si bien épanché sur son visage, fit place à la pâleur de la mélancolie ; et celle qui, sept mois auparavant, consolait la baronne, eut alors besoin de consolations.

Depuis quatre mois sa santé déclinait à vue d'œil ; elle portait la mort dans son cœur et souffrait constamment des efforts qu'elle faisait pour me dérober ses douleurs. Enfin elle s'aperçut que de nouveau elle allait être mère. Sa tendresse et son courage ne purent tenir contre cette découverte : elle fut contrainte de se mettre au lit, et huit jours après mes enfans n'avaient plus de mère. Ainsi mourut une femme qui ne sera jamais remplacée dans mon cœur. Je laisse à Dieu à prononcer sur la conduite que j'ai tenue auprès d'elle pendant les cinq derniers mois de sa vie ; mais, si j'en crois le calme qui règne dans mon âme, je ne fus, je ne suis point coupable. Quant à l'opinion du vulgaire, je n'aurais pas crayonné ces Mémoires, si j'eusse voulu en être l'esclave.

Il ne fallut rien moins que la présence de mes jeunes enfans et les consolations de l'amitié, pour m'empêcher de suivre mon épouse au tombeau. Cependant toutes les puissances du monde ne m'auraient pas retenu dans la terre du baron. Là, trop de douloureux souvenirs m'assaillaient à chaque instant du jour. Je ramenai ma jeune famille dans la capitale, où, tout entier à son éducation, et puissamment secondé par M. Dumeuil et son épouse, je cherche à lui rendre moins sensible la perte irréparable qu'elle a faite.

Fin des Mémoires de M. Delorges.

SUITE DE LA VIE

DE

Mme. LA BARONNE DE BUDOY.

La mort imprévue de ma respectable cousine, dont son époux m'avait confié la cause extraordinaire, vint r'ouvrir toutes mes plaies. Les lieux que nous habitions me devinrent insupportables. Ce fut en vain que je cherchai une distraction à mes secrètes douleurs. La proximité des objets ramenait toujours à ma penseé de cruels souvenirs, que la tendresse de mon époux ne réussissait pas toujours à éloigner.

J'étais devenue trop chère au baron pour qu'il ne s'aperçût pas des progrès que la mélancolie faisait journellement sur moi. Il me fit la proposition de quitter l'Auvergne, et de nous retirer dans une terre qu'il avait sous le beau ciel de la Touraine. J'acceptai avec la plus vive reconnaissance. J'avais le doux espoir qu'en mettant une forte distance entre les objets de ma douleur et moi, mes fâcheux souvenirs seraient moins pénibles et moins fréquens.

Le baron mit ordre à nos affaires, et quelques jours après, j'abandonnai les lieux qui m'avaient vue naître.

Oh! qu'il est pénible de quitter pour la première fois le berceau de notre enfance, les lieux où nous avons été si tendrement chéris, et qui nous rappellent de si doux souvenirs! Rien de plus déchirant que le serrement de cœur que j'éprouvai, lorsqu'il fallui dire un dernier adieu au château de mes ancêtres ; et ce regard que je laissai tomber malgré moi sur l'église, sur le tombeau où reposaient les auteurs de mes jours, qui appréciera jamais les tourmens qu'il fit naître dans mon âme ? On eût tout à coup déroulé devant moi la carte de ma vie, que tous les événemens qui la composent eussent été moins présens à ma pensée.

Ma douleur et mes regrets avaient sans doute quelque chose d'énergique et d'imposant, puisque mon époux et mes domestiques étaient silencieusement immobiles devant moi, n'osant m'avertir que les postillons n'attendaient que moi. Enfin, je fis un dernier effort, et me jetai dans ma voiture qui s'éloigna rapidement des cantons que je ne devais plus revoir.

Si le baron eût été moins épris de

moi, j'aurais peut-être lassé sa patience et malheureusement aliéné son cœur. Depuis trois heures nous étions en marche, qu'enfoncée dans ma douleur, je ne m'étais pas même aperçue qu'il était à mes côtés. Un cahot me tira de mon assoupissement. Je fixai mon époux; dans ses yeux gonflés de larmes, qu'il ne pouvait répandre, je vis quelque chose de sérieux. Qu'avez-vous, cher ami, lui demandai-je?—Ce que j'ai, Adèle? Ah! faut-il vous le dire? oui, Adèle, je serai bien malheureux avec vous. Tous les jours je vous mets toute entière sur mon cœur, et cependant chaque jour je vous aime davantage; votre personne est tout mon bien; votre santé, la seule chose que je demande à Dieu. Si je vous vois sourire, les cieux s'ouvrent pour moi; si un baiser s'échappe de vos lèvres et se repose sur ma bouche, je crois humer le bonheur. Cependant, comment répondez-vous à tant d'amour ! Mélancolique, sombre ou silencieuse, ou dans les larmes, ou dans les réflexions, vous voilà, mon amie. Adèle, j'aurais cru mériter un plus tendre retour.

Je ne voulus pas en entendre davantage ; je me jetai dans ses bras. Jamais, non, jamais reproches n'ont procuré de plus doux plaisirs ! La tendresse et l'amour eurent-ils jamais un style plus suave et plus convictif ? L'idée de mon bonheur vint doucement écarter les sombres pensées qui m'environnaient, et quelques baisers suffirent pour convaincre le baron que je n'étais point indifférente à son amitié.

Après trois jours de marche, nous arrivâmes dans la terre de mon époux. Jamais plus beau site ne s'offrit à mes regards. Tout ce qui peut égayer l'imagination et la distraire semblait s'être donné la main pour embellir ce magnifique séjour; et celui-là qui, le premier, nomma la Touraine le jardin de la France, savait, à n'en pas douter, donner aux choses leur véritable nom.

La beauté du sol, et l'amour du jeune baron, ramenèrent insensiblement le calme dans mon âme. Si le souvenir de mes infortunes venait quelquefois s'offrir à ma pensée, les nombreuses distractions dont j'étais environnée en adoucissaient l'amertume : j'étais heureuse enfin au delà de mes espérances.

Notre opulence et l'éclat de notre maison eurent bientôt attiré chez nous la meilleure société du voisinage. Mais, de tout ce que le maître du logis faisait admirer aux étrangers, son épouse était ce dont il leur faisait le plus d'éloges. J'aurais bien voulu quelquefois m'y soustraire, mais enfin, c'était son travers; et souvent mon petit amour-propre ne lui en sut pas mauvais gré. Comment, au surplus, n'aurais-je point été flattée de trouver mon éloge dans la bouche de mon époux! j'étais entourée d'hommes qui auraient rougi d'aimer la leur.

J'atteignais ma vingtième année, et j'étais à cette époque dans l'éclat de la beauté. Si j'attachais quelque prix à ce fragile avantage, c'est que mon époux le mettait au rang des plus grands biens. Peu d'hommes aussi vertueux ont porté plus loin l'enthousiasme de la beauté. Dans une âme moins belle que la sienne, cette espèce d'idolâtrie aurait pu me causer de grands chagrins; plusieurs fois je lui en fis l'observation en riant. « Ne crains rien, ma chère amie, me répondait-il, si je suis enthousiaste de la beauté, c'est à toi seule qu'il faut t'en prendre, tu es la plus belle des femmes; pourquoi veux-tu que je ne sois point idolâtre de celles qui te ressemblent? Oui, ma belle épouse, une jolie femme est, selon moi, le plus bel ouvrage de la Divinité, et le présent le plus précieux que le ciel puisse faire à l'homme. C'est une rose destinée à embellir la touffe de nos jours. La beauté est le parfum de la vie ; ses émanations embaument les lieux qu'elle habite ; et, là où elle existe, on existe doublement. »

On conçoit aisément qu'un homme qui pensait ainsi ne pouvait qu'adorer une épouse que la nature avait favorisée de tous ses dons. Une des qualités essentielles du baron, c'est que, différent en tout des autres hommes, la possession chez lui n'éteignait point le désir; et lorsque des monstres suscités par les Dieux courroucés contre moi, le massacrèrent à mes yeux, son dernier regard était encore plein de tendresse et d'amour.

Depuis deux ans j'étais la plus heureuse des épouses, et mes remords, affaiblis par le temps et la tendresse conjugale, me laissaient la douce espérance que les vertus du baron avaient désarmé la Divinité. Malheureuse, je m'abusais ! Ce bonheur passager n'était qu'un moment de répit, que le ciel me laissait pour me faire plus vivement sentir les tourmens qu'il me préparait dans le lointain.

Depuis trois ans, la révolution roulait son tonnerre sur toutes les parties de cette France naguères si florissante et si tranquille. Mon époux avait jusqu'à ce jour balancé à quitter sa patrie; mais sitôt qu'il eut appris que de perfides sujets préludaient au meurtre de leur Prince, la France lui devint en horreur, et sur-le-champ il résolut de la quitter.

Il avait connu dans ses voyages le chevalier de Nozi, seigneur italien, qui depuis s'était établi en Espagne. Ce fut près de cet ami de sa jeunesse qu'il arrêta de se retirer. Il lui écrivit à ce sujet, et reçut de lui la lettre la plus flatteuse. Nous partîmes donc pour Séville, le 14 janvier 1793; notre route fut des plus heureuses; mais quand nous fûmes arrivés aux pieds des Pyrénées, nous éprouvâmes, mon époux et moi, que la patrie n'est pas un vain mot. Des larmes involontaires s'échappèrent de nos yeux, et ce ne fut qu'en nous encourageant l'un et l'autre, que nous eûmes la force de continuer notre route.

En arrivant aux portes de Séville,

nous rencontrâmes monsieur de Nozi qui était venu au devant de nous. Le baron et lui s'embrassèrent comme deux amis enchantés de se revoir après une longue absence. Il ne voulut point que nous descendîmes ailleurs que chez lui. Sa maison était fort belle, et le nombre de ses gens annonçait l'opulence. Mais ce qui me fit le plus de plaisir, ce fut son épouse qu'il nous présenta avec deux charmans enfans de six à huit ans. Madame de Nozi était à peu près de mon âge. Sans être exactement belle, elle avait une de ces figures qui plaisent on ne sait pourquoi; mais dans tous ses traits régnait un air de douceur et de bonté qui vous faisait désirer de l'avoir pour amie, avant même de la connaître plus amplement. Je ne fus pas peu étonnée, quand elle me dit qu'elle était Espagnole de naissance. Il est impossible de moins ressembler à ses compatriotes. La morgue, la gravité et l'indolence, me disait-elle en riant, sont trois chétives compagnes dont je n'ai jamais voulu faire ma société, et ce que vous ne croiriez pas, c'est que je connais beaucoup de dames espagnoles, qui, n'osant m'imiter, ne sont jamais plus satisfaites que de se rencontrer à ma société. Mon époux diffère à peu près autant que moi de sa nation; enfin, Madame, nous sommes ici comme en pays étranger.

On eût dit que cette aimable famille avait été placée là tout exprès pour adoucir les premiers chagrins de notre émigration.

Cependant le baron, qui ne voulait pas être plus long-temps à charge à son ami, le pria de lui aider à chercher une maison dans le voisinage. « Comment, s'écrie monsieur de Nozi tout étonné, est-ce que la mienne ne te plaît pas ? Baron, dis-le-moi; Je ne prétends contraindre personne; en ce cas, nous te chercherons un autre local. — Mon généreux ami, je ne dis pas cela; mais la délicatesse..... — Ah ! j'entends : hé bien, je te loue les appartemens que tu occupes, deux cents pistoles. Ainsi te voilà chez toi, mon ami, mon voisin, libre de sortir et de rentrer, de me fréquenter ou de me fuir. Si ce parti te convient, il me comble de satisfaction; car il me serait pénible de mettre une plus grande distance entre mon épouse et la tienne, qui déjà ne peuvent plus se séparer et semblent être nées l'une pour l'autre.

Le baron ne répondit à d'aussi généreux procédés qu'en se jetant dans les bras de son ami, et ces arrangemens me firent d'autant plus de plaisir, que la société de madame de Nozi m'était devenue infiniment précieuse.

Avant de quitter la France, le baron avait vendu ou engagé une partie de nos biens; conséquemment nous étions en état de nous soutenir en Espagne. Nous ne prîmes cependant que deux domestiques. Depuis deux ans que nous étions dans le pays, nous n'avions éprouvé d'autres chagrins que les sanglantes nouvelles qui nous arrivaient de notre malheureuse patrie, alors en proie au fer des bourreaux.

Chaque jour resserrait les liens de l'amitié entre mon époux et le chevalier. Madame de Nozi, toujours attentive à ce qui pouvait me plaire, me procurait de continuelles distractions. Rarement on nous voyait l'une sans l'autre; et ses aimables enfans étaient ou sur ses genoux ou dans les bras de mon époux.

Cette douce intimité, qui faisait le bonheur de ma vie, fut néanmoins ce qui nous perdit les uns et les autres.

Je n'avais jamais trop fait attention à la tendresse extrême que mon époux témoignait aux enfans de son ami. Un jour cependant, qu'il tenait l'aîné sur ses genoux, je le vis se relever brusquement et s'écrier avec douleur : « Non, je n'aurai jamais ce bonheur-là; je mourrai tout entier ! » et il sortit.

Un malheur auquel on ne s'attend pas, nous paraît toujours plus sensible. Je faillis m'évanouir. On le croira facilement, puisque depuis quatre ans que le baron avait reçu mes sermens, c'était le premier chagrin qu'il m'eût donné. Le peu de mots qu'il m'avait fait entendre, l'accent avec lequel il les avait prononcés, et sa brusque sortie, ne me laissaient plus aucun doute sur mon malheur. Mon injuste époux me faisait un crime de ma stérilité, sans réfléchir que ma jeunesse lui laissait encore de douces espérances. Depuis longtemps je m'étais aperçue que le baron serait aisément devenu coupable, s'il n'eût été foncièrement vertueux. Doué d'une imagination ardente, il ne sentait rien à demi, et ce qui n'aurait été qu'un sentiment léger chez tout autre, prenait chez lui le caractère de la passion. La privation de l'objet désiré centuplait chez lui le désir, et lui faisait tenter tous les moyens de se satisfaire. Je fus convaincue de toutes ces observations dans la tendresse que lui inspiraient les deux fils du chevalier. Des enfans devinrent alors sa passion, sa folie, et quand il en voyait quelques uns d'aimables, il les accablait de caresses et ne les quittait qu'en soupirant. J'étais à pleurer sur ma funeste découverte, lorsque mon amie entra. Je lui fis part du sujet de mes peines, et lui demandai des conseils. Deux femmes, en pareils cas, n'ont rien à se cacher; et ce que me dit madame de Nozi, ouvrit de nouveau mon cœur à l'espérance: « Feue ma mère, me dit-elle, éprouva les mêmes chagrins que vous. Depuis six ans qu'elle était mariée elle n'avait pas encore eu d'enfant. Son époux, qui voulait à tout prix avoir une postérité, désespérait de ce bonheur, chagrinait son épouse, et se proposait de rompre des liens qu'il avait formés sous les auspices de l'amour. Ma mère était belle, son époux l'adorait, et n'avait jamais voulu avoir d'autre lit que le sien. Cette femme, au désespoir de sa stérilité, crut en avoir trouvé le principe dans les trop fréquentes caresses de son époux, et se décida sur-le-champ à coucher séparément. Ce qu'elle avait prévu arriva. Son époux, privé quelques jours de ses embrassemens, la revoyait brûlant d'amour et de désirs; enfin elle devint mère, et le calme fut rétabli dans le ménage. Maintenant, ma belle amie, usez d'un pareil moyen, et j'aime à croire que vous aurez le même succès. » J'embrassai madame de Nozi, tant je fus satisfaite de son avis. Oui, me disais-je, je suspendrai les désirs de mon époux, je les laisserai grossir, je deviendrai mère et la plus heureuse des épouses.

Le baron fut à peine de retour, que je démêlai dans ses regards qu'il avait quelque chose à me dire. Son extrême franchise ne me fit pas longtemps attendre. — Ma chère Adèle, me dit-il, j'ignore ce que tu penses de la scène de ce matin. — Je pense, mon ami, que je perdrai la tendresse, si je n'ai pas le bonheur de te donner un héritier. — Toi, perdre ma tendresse; toi, m'être indifférente! Adèle, tu ne crois pas ce que tu dis. Oui, et je te l'avoue, si je n'obtiens le doux nom de père, je serai malheureux! Mais tu ne t'apercevras pas de ma douleur, je la renfoncerai dans mon âme. Jamais, non jamais, la scène d'aujourd'hui ne se renouvellera. Sais-tu, ma chère amie, combien je serais heureux si tu me donnais un héritier? quel qu'il soit, fils ou fille, il te ressemblerait, il serait beau comme le jour; et si je suis glorieux de posséder une aussi belle femme, les enfans qu'elle me donnerait seraient mon triomphe. — Autant que toi, mon ami, et tu n'en doutes pas, je désire avoir des gages de notre mutuelle tendresse; et si, jusqu'à ce jour, ce bonheur nous est refusé, peut-être est-ce nous seuls qui en sommes la cause. Baron, tu m'adores, et nous n'avons qu'un même lit... désormais nous en aurons deux. — Tu crois, ma chère amie? — Oui, mon ami; consens à ce que je te propose, et j'ai la douce espérance que tes vœux seront satisfaits. Quoi qu'il en coûtât au baron, le même jour il eut sa chambre et moi la mienne. Que de prières j'adressai au ciel pour obtenir le doux nom de mère! que de larmes je versai chaque fois que je m'apercevais que mes vœux étaient inutiles! enfin ma douleur aurait nui à ma santé, si les consolations de l'amitié ne m'avaient bercée de nouvelles espérances.

Il était encore un nouveau malheur prêt à fondre sur ma tête; et dont rien ne m'avait donné le plus léger soupçon. Le chevalier de Nozi se prit d'amour pour moi, si toutefois on peut donner le nom d'amour au goût passager d'un homme que séduisent quelques attraits.

Monsieur de Nozi, jeune encore, était d'un amour-propre intolérable. A l'entendre, ses vœux n'avaient jamais été repoussés : aussi traitait-il l'amour un peu plus que cavalièrement. Tant qu'il n'eut aucun dessein sur moi, je l'avais toujours trouvé assez joli homme ; mais dès que j'eus pénétré ses vues, je lui trouvai une figure équivoque et sardonique. Ses principes sur l'honneur, la vertu, l'amitié, les bienséances, se rapportaient tous à son intérêt personnel. Sa maxime favorite était : *Moi le premier, et mes amis ensuite.* Il était néanmoins généreux, reconnaissant, et toujours prêt à rendre service. Quand je lui mis cet étonnant contraste sous les yeux, c'est, me dit-il, que je puis être tout cela sans nuire à mon bonheur.

J'ignorais que mon époux lui avait confié la cause de ses chagrins; et ce fut peut-être cette fatale confidence qui lui fit concevoir de coupables projets. Quoi qu'il en soit, il plaignit d'abord le baron, et lui fit entendre qu'à mon âge rien n'était encore désespéré. Il est plus que probable que mon époux, perdant tout espoir, vint de nouveau lui faire de tristes confidences qui décidèrent ce dangereux ami à me faire les plus odieuses propositions. Voici bien exactement ce qu'il me dit, dans un moment où, ni le baron ni mon amie ne pouvaient l'interrompre : « Ma chère baronne, me dit-il, vous savez quel intérêt je prends au bonheur de votre époux et au vôtre ; et cependant je vais vous proposer quelque chose que vous jugerez, j'en suis sûr, un attentat à l'honneur de l'un et de l'autre. Mais enfin cela est dans l'ordre reçu, et je ne suis point ici pour faire la guerre aux préjugés ; il me suffit de les mépriser quand il le faut. Je vous disais donc, que je m'intéresse vivement à votre commun bonheur, et néanmoins vous êtes prêts l'un et l'autre à vous haïr. — Jamais, Monsieur, lui criai-je, jamais. — Ne m'interrompez pas, je vous prie. Oui, Madame, vous allez vous rendre l'un et l'autre malheureux. Votre époux vous adore, il est vrai ; mais, soit passion, soit folie, il veut à quelque prix que ce soit avoir une postérité. Si la nature vous a refusé cet avantage à l'un ou à l'autre, c'en est fait, Madame, et le plus heureux ménage va perdre le repos et le bonheur. Ce que je vous dis, baronne, est une vérité écrite; et plût à Dieu qu'un jour vous n'en fassiez pas la malheureuse expérience! Le baron serait un homme accompli, si le ciel ne lui avait donné cette fougue impétueuse, cet enthousiasme du désir qu'il ne peut repousser. Enfin ce n'est plus un être parfait, et je crains qu'une fois lancé dans le sentier de l'erreur, vous ne puissiez plus le retenir. Ses nombreuses confidences m'ont appris à le connaître; en un mot, je le sais par cœur, et si je ne m'abuse, vous serez l'un et l'autre quelque jour bien à plaindre, si une douce paternité ne vient vous réunir. Je vous ai indiqué le mal, il me reste à vous montrer le remède. Maintenant j'ai besoin de toute votre attention et surtout de votre indulgence. »

J'étais sur des épines. Ce que je venais d'entendre était désespérant : que me restait-il donc à savoir ? Enfin le chevalier continue.

« Jeune et belle épouse d'un cavalier qui réunit la force à la grâce, l'un et l'autre opulens, que manque-t-il à votre bonheur ? un enfant. Votre époux conserve-t-il l'espoir que vous en aurez ? non. Peut-il être heureux sans cela ? non. Donc il sera malheureux ? oui. Goûterez-vous le bonheur quand vous le verrez souffrir ? non. Hé bien, que faut-il que vous fassiez ? un enfant. Oui, baronne, un enfant. Mais, me direz-vous, si je ne puis en avoir avec mon époux, que faut-il que je fasse ? un enfant, Madame, avec qui vous promettra de vous en faire un. Et cet homme, c'est moi. Oui, baronne, quand à trente-six ans on a fait sept à huit mères, on peut répondre de soi. Vous frémissez, je crois. Pourquoi, s'il vous plait? Raisonnons un peu, et vous verrez que ce qui nous épouvante n'est souvent qu'une chimère. Pour être éternellement chérie de votre époux, pour lui rendre le repos et le bonheur, il est prouvé qu'il vous faut un héritier. Hé bien, si un véritable ami vous disait dans le plus grand secret : passe sous ce nuage, et sur-le-champ tu deviens grosse. Baronne, répondez, y passeriez-vous? Dites oui; car un non n'est pas dans les choses possibles. Vous avez donc passé sous le nuage; et vous voilà mère. Qu'en arrive-t-il? Votre époux, en délire et au comble de ses vœux, vous prend sur son cœur, vous charge de baisers, vous prodigue les noms les plus doux, les attentions les moins suspectes; la paille qui peut vous blesser, il la relève; s'il marche à côté de vous, il écarte les passans;

la guêpe qui bourdonne autour de votre tête, il la poursuit et l'écrase; enfin vous devenez sa vie, son Dieu, son univers; l'idolâtrie remplace l'indifférence; et la paix, et la douce paix, le trouble et les querelles. Voilà pourtant, chère baronne, les résultats d'un rien, d'une misère, d'un soufflet donné au préjugé, tyran décrépit, qui parle depuis des siècles, et qui, soit dit entre nous, n'aurait jamais dû ouvrir la bouche. Sont-ce bien là, Madame, des faits positifs et des résultats certains? Point de bavardages, point de suppositions, c'est le mal et le remède, la cause et l'effet. »

L'excès de ma surprise avait enchaîné ma colère. Je ne pouvais comprendre qu'un homme avec autant d'esprit, pût ainsi s'abuser. Est-ce bien, lui dis-je, M. de Nozi, le généreux ami du baron de Budoy, qui vient de me parler ainsi ? Celui-là que j'honorais de mon estime, peut-il bien oublier en un jour ce qu'il doit au malheur et à l'amitié ? — Arrêtez, Madame ; de grands mots ne furent jamais des raisons. Oui, c'est l'ami du baron qui vient de vous parler, c'est le vôtre ; prenez de moi quelle opinion il vous conviendra, je ne me ferai jamais un crime des offres que je vous ai faites. Mes principes sont infaillibles : dégagés de la poussière des préjugés, épurés au feu de l'expérience, ils m'ont appris à voir les choses ce qu'elles sont, et à juger de tout par les résultats. Je vois un couple malheureux, je veux lui rendre le bonheur ; je vois un ami souffrant, je veux tarir ses larmes. Est-ce là, Madame, abuser du malheur et trahir l'amitié ? Vous direz : oui. Que m'importe, puisque j'ai la conviction du contraire. Je serais coupable si, séduit par vos charmes, je vous avais fait une déclaration ; mais ce que je vous ai dit n'en est pas une : ne vous y méprenez pas. Vous êtes belle, très-belle ; mais, et veuillez me pardonner cet aveu, je trouve dans mon épouse une aussi jolie femme que vous. En un mot, je me proposais votre bonheur et celui de votre époux. Je vous ai fait des offres ; vous les repoussez ; Baronne, n'en parlons plus. Je ne vous crois pas de ces femmes qui vont publier partout ce qu'elles appellent une offense, pour avoir le plaisir de faire parler d'elles. Quant à ma conduite à venir, elle sera ce qu'elle a toujours été, respectueuse et sincère. Permettez, pour vous en donner des preuves, que je me retire sur-le-champ. »

J'avoue que je me trouvai beaucoup

plus à l'aise quand le chevalier fut sorti. L'étonnante rapidité de sa locution, la hardiesse de ses sophismes, avaient tellement embrouillé mes idées, que je n'aurais su comment lui répondre. En effet, quel être qu'un homme dans lequel on trouve réunis, et l'ami généreux, délicat et prévenant, et l'effronté séducteur et le perfide ami? Néanmoins, la légèreté avec laquelle il abandonnait ses desseins, me fit conclure, que, seulement égaré par de faux principes, il n'était pas foncièrement un homme dangereux.(*) J'eusse

(*) La baronne peut bien croire que le chevalier n'est pas dangereux, parce que sa vertu et l'éducation qu'elle a reçue la mettent à l'abri de ses brillans sophismes. Mais, près de toute autre femme, ce genre de séduction pouvait avoir de coupables effets.

(*Note de l'Editeur.*)

été la plus imprudente des femmes, si j'avais instruit le baron de cette circonstance : je m'en gardai bien, et la conduite de son ami ne me donna jamais lieu de me repentir de mon silence.

Deux ans s'écoulèrent encore, et mon époux perdit tout espoir. Il devint insensiblement triste et silencieux. Je n'étais plus sa chère Adèle, je n'étais plus l'épouse adorée qu'il accablait de ses caresses. S'il me regardait quelquefois, c'était avec le calme d'un amateur qui contemple les proportions d'une belle statue. Ses peines étaient d'autant plus grandes, qu'il s'efforçait de me les cacher. Il n'est point de chagrins domestiques comparables à ceux que j'éprouvais alors, par la raison qu'ils étaient sans remède. Lequel des deux refusait un héritier à l'autre, était un problême que mon injuste époux n'aurait point dû résoudre en sa faveur ; et c'est cependant ce qu'il fit. J'étais à ses yeux seule coupable.

Ce que le chevalier m'avait prédit arriva ; mon époux et moi, nous étions, tout en nous adorant, les deux êtres les plus malheureux qui fussent sous le ciel. Je proposai au baron d'adopter un enfant. « Ce ne sera point le mien, me dit-il. » Je croyais qu'il aurait ajouté, ce ne sera pas celui de mon Adèle. Mais non : il ne fit pas mention de moi. Cette réticence fut un trait de lumière. Mon époux, me dis-je, tient au doux nom de père, fût-ce même une autre que moi qui le lui donnât. Cette idée est affreuse, je le sais ; mais cédons au sort qui nous poursuit ; par un grand sacrifice, écartons un grand malheur, et ne perdons pas un époux prêt à nous échapper. Je conclus donc à donner une amante au baron; je la voulais jeune et belle, pour avoir moins à rougir de la rivalité. C'était, sans doute, une grande imprudence, et je m'exposais à perdre pour toujours le cœur de mon époux; mais, quels que fussent les chagrins qu'il me donnait, j'étais intérieurement persuadée que personne ne pouvait me ravir sa tendresse.

Je ne pouvais exécuter mon projet toute seule: madame de Nozi m'aurait été d'un grand secours, mais elle était partie pour Tolède, où l'avait appelée la maladie d'une de ses tantes, dont elle était l'unique héritière. A qui m'adresser? Je ne connaissais personne à Séville en état de recevoir de pareilles confidences. Tout insolentes que fussent les propositions que m'avait faites monsieur de Nozi, il en agissait avec moi, depuis cette époque, comme s'il m'avait proposé la chose la plus indifférente. Ses attentions, sa politesse, et son respect, avaient toujours été les mêmes. J'avoue que cette conduite lui avait rendu mon estime, et, que ce fut sur lui que je jetai les yeux pour l'exécution de mes desseins: il était d'autant plus propre à les faire réussir, qu'il connaissait tous les secrets de son ami. Je lui dis un jour, que je me promenais avec lui dans son superbe jardin : « Chevalier, ce que vous m'avez prédit est arrivé; votre ami est malheureux, et je suis au désespoir. Néanmoins, si, voulant oublier l'offre coupable que vous m'avez faite, il ne vous répugne pas à me servir dans un autre projet, j'ai l'espoir de rendre le bonheur à mon époux. Je ne dis pas à moi, car le remède dont je vais essayer me sera peut-être pire que le mal. — Expliquez-vous, Madame; et comptez que je ferai tout pour vous être utile. — Je crois avoir aperçu que mon époux, désespérant d'avoir un héritier de moi, en recevrait un, avec plaisir, du sein d'une autre femme, pourvu qu'il fût de lui. — D'après les demi-confidences qu'il m'a faites, je suis assez de votre avis. — Conséquemment, Monsieur, j'ai résolu de lui donner une amante. — Hé bien, voilà, baronne, ce qui s'appelle raisonner : c'est faire un léger sacrifice pour obtenir de grands résultats. Puisque ce projet vous convient mieux que celui que je vous avais proposé, mettez-le à exécution, je suis prêt à vous y servir, preuve certaine que mes procédés à votre égard n'ont jamais eu d'autres motifs que votre bonheur. — Chevalier, j'ai déjà tout oublié; j'ai le plus grand besoin de vous dans cette affaire. Il faut vous charger de me procurer cette femme qui va me dérober les caresses d'un époux que j'adore ; cette femme qui va partager un cœur où je voudrais régner seule, cette femme enfin qui va ou me ravir un époux, ou me le rendre plus heureux. Je la veux jeune, jolie, brillante de santé et prise dans la classe des soubrettes ; je l'attacherai à mon service. « Quoi, Madame, reprit vivement le chevalier étonné de ce que je lui disais, vous voulez avoir votre rivale sous vos yeux, dans votre maison, à vos côtés ? Pensez-y bien, baronne ; je crois cette dernière partie de votre projet au-dessus de vos forces. Belle et sensible, adorant votre époux, vous n'y tiendrez pas. Ecoutez-moi ; je pense qu'il serait plus convenable qu'une femme logée en ville..... — Arrêtez, Monsieur ; je ne donnerai jamais les mains à de pareils arrangemens ; pesez-en vous-même les conséquences. Mon époux passerait des heures, des jours entiers près de cette amante ; je n'aurais pas la facilité de les interrompre ; et si cette femme, jeune et belle, est encore aimable, spirituelle et séduisante, je ne serais pas là pour balancer ses avantages ; c'en serait fait, Monsieur, je perdrais mon époux. Ah ! dans la position où le sort m'a mise, mieux vaudrait perdre le jour. Mais si, au contraire, l'amante du baron entre à mon service, j'aurai sans cesse les yeux sur elle ; ma présence comprimera le feu de ses regards. Je marquerai l'heure ; je ferai naître le tête-à-tête, je l'abrégerai ou le prolongerai au gré de mes désirs ; je veillerai sur la fécondité de ma rivale, nul autre que son amant ne l'approchera, et le fils qu'elle lui donnera sera bien le sien. » Monsieur de Nozi, charmé de la solidité de mes raisonnemens, souscrivit à tout ce que je voulus. Mais le plus difficile était de trouver une femme telle que je la demandais, une suivante, pourvue d'assez de qualités pour se faire remarquer du baron, qui ne cessait de voir en moi une très-belle femme. Cette jeune personne devait encore ignorer les desseins que nous avions sur elle. Il fallait donc qu'elle eût, outre jeunesse et beauté, des besoins physiques au-dessus de ses forces et de sa vertu. L'or ne devait point être épargné pour acquérir un pareil sujet, et monsieur de Nozi se chargea d'en faire la rencontre.

Deux mois se passèrent sans trouver ce qui convenait à nos projets. Un jour enfin, il vint me dire qu'il croyait avoir rencontré ce dont nous avions besoin. C'était la fille d'un médecin espagnol, qui, continuellement maltraitée par une belle-mère, cherchait à se placer auprès d'une dame de condition, moins comme suivante qu'en qualité de demoiselle de compagnie. Cette fille, me dit-il, a reçu une excellente éducation; mais si quelque chose nous la rend précieuse, c'est que jamais femme n'a mieux porté dans ses traits l'empreinte du désir et de la volupté. « Hé bien, répondis-je au chevalier, il faut sans tarder arrêter cette demoiselle à mon service. » J'ignore comment il s'y prit, mais au bout de deux jours elle me fut présentée.

Béatrix était, à vingt-trois ans, une très-jolie brune; sa taille, quoique médiocre, était bien prise, et dans toute sa personne régnait un air de tendresse et de volupté bien propre à séduire le cœur d'un homme, quel qu'il fût. Nous eûmes bientôt fait nos conventions, et le lendemain elle fut à mon service. Le baron, que je n'avais pas prévenu, fut surpris en rentrant de trouver cette jeune personne près de moi; il la prit pour une des amies de madame de Nozi. Ce ne fut que sur le soir qu'il apprit en quelle qualité elle était dans la maison; et comme il approuvait tout ce qui me faisait plaisir, il ne me fit aucune objection.

Il faut avouer que nous sommes de bien faibles machines. Nous désirons ardemment; nous mettons tout en œuvre pour nous satisfaire; nous réussissons, hé bien, nous ne sommes pas encore contens, et l'objet obtenu nous fatigue ou nous tourmente.

C'est ce que j'éprouvai dans la personne de Béatrix. Je l'avais vivement désirée; elle avait toutes les qualités requises pour assurer le succès de mes desseins, et néanmoins sa présence me faisait une peine inconcevable. Je ne l'aurais pas congédiée pour toutes choses au monde; et je l'aurais désirée à cent lieues de moi. Ce flux et reflux de pensées opposées les unes aux autres, prenait sa source dans la tendresse que je portais à mon époux. Je me le représentais dans les bras de ma suivante, lui prodiguant des baisers qui n'étaient dus qu'à moi. De pareilles idées étaient un supplice qu'une femme aimante peut seule apprécier.

Depuis quinze jours que Béatrix était chez moi, mon époux l'avait à peine regardée. Naturellement délicat, il aurait cru s'avilir en s'adressant à ma suivante : qui croirait que la sagesse du baron me faisait tout à la fois et peine et plaisir ? Plaisir, parce qu'elle me prouvait l'attachement et le respect que mon époux avait pour moi ; peine, parce qu'elle contrariait mes projets : néanmoins, il devenait de jour en jour plus mélancolique et plus retiré. Une scène dont je fus témoin, sans qu'il s'en aperçût, acheva de me décider à l'établir dans le cœur de Béatrix.

J'étais, un matin, appuyée sur une croisée, d'où je plongeais dans la principale allée du jardin ; j'aperçus le baron tenant dans ses bras l'aîné des enfans de son ami ; après l'avoir accablé de caresses et de baisers, je le lui vis remettre aux soins de sa bonne, et se retirer ensuite son mouchoir sur les yeux. A peine fut-il sorti, que je me rendis au jardin : « Que disait-il donc, mon époux, demandai-je à la bonne, lorsqu'il embrassait cet enfant ? » Madame, me répondit cette fille, il me disait que, pour tous les trésors du monde, il voudrait avoir un pareil enfant; et qu'il en mourrait à la peine. En fallait-il davantage pour me décider à faire les plus grands sacrifices? Quelle tâche pour une femme qui adore son mari, qui en est adorée, que l'obligation de mettre une amante dans ses bras! J'ignore ce que le ciel me garde de jours, mais partout où je rencontrerai une épouse capable d'un pareil sacrifice, je l'honorerai comme une auguste victime de l'amour conjugal.

Néanmoins, la continence ou la façon de penser de mon époux mettaient journellement obstacle à mes desseins. Vingt fois par jour, je faisais naître l'occasion de le laisser seul avec ma suivante; je fis plus, je lui destinai une chambre près celle du baron. Une simple cloison les séparait. Tous ces essais furent vains;

mon époux, sévère dans ses principes, n'adressa jamais la parole à Béatrix.

J'étais à la fois heureuse et désespérée de son indifférence pour cette fille ; mais son chagrin, empirant tous les jours, me prescrivait de tenter tous les moyens d'y mettre fin. Je résolus donc de parer ma rivale de mes plus riches habits, dont je lui fis présent sous divers prétextes. Le baron en parut surpris : « Béatrix, lui dis-je, est si jolie, si aimable, que ce serait un meurtre de ne point la parer de tout ce qui peut ajouter à ses charmes. » — Tu n'es donc pas jalouse, ma chère Adèle, me dit le baron en riant ? En parant ainsi cette jeune fille, tu me fais remarquer sa beauté ; et si j'allais en devenir épris, que dirais-tu ? — « Je crois, lui répondis-je en grinçant des dents, qu'une aussi belle tête obtiendrait ton pardon. »

Si le baron m'avait regardée à l'instant, il aurait vu quel effort j'avais fait pour laisser tomber ces dernières paroles : mon cœur en avait été brisé, et si la présence de Béatrix n'eût mis fin à cette conversation, je ne sais comment je m'en serais tirée.

Mon époux, que j'avais averti de la beauté de ma suivante, la regarda pour la première fois avec quelqu'attention. En effet, me dit-il tout bas, elle est fort jolie. Je crus qu'il m'avait donné un coup de poignard; mais il ajouta, elle ne sera jamais aussi belle que toi; et ces derniers mots cicatrisèrent la plaie qu'il venait d'ouvrir.

Le soir même j'eus occasion de parler à M. de Nozi et de lui conter où j'en étais de mon entreprise. « Ma chère baronne, me dit-il, hâtez-vous. Hier, le baron m'a fait les plus tristes confidences; il craint pour sa santé et pour sa raison. Vous aimez votre époux, sauvez-le. Soyez aussi grande que le sacrifice qu'on exige de vous, sacrifice qui, jugé sainement, est fort peu de chose. Familiarisez-vous avec un partage momentané, et bientôt il vous paraîtra moins sensible. Que serait-ce donc, si le baron, comme nos autres jeunes seigneurs, se donnait publiquement quatre à cinq maîtresses, que vous seriez contrainte de recevoir quelquefois à votre table? Croyez-moi, Madame, il y a beaucoup plus d'esprit à se conformer aux circonstances qu'à se révolter contre elles. Quant à votre époux, puisqu'il aperçoit à peine la jeune Béatrix, je veux avoir ce soir un entretien avec lui, et reposer ses regards sur cette jolie fille. Demain je vous rendrai compte mot à mot de cette conversation. »

Le jour suivant, en effet, je revis le chevalier. « J'ai bien des choses, me dit-il, à vous raconter; suivez-moi au jardin. » Je m'empressai de l'y suivre.

« Votre époux, me dit-il, est venu hier se plaindre, comme à l'ordinaire, de l'injustice du sort et des chagrins qui le dévoraient. Ma foi, baron, lui répondis-je, comme impatienté de ses jérémiades, il faut avouer que tu es un grand sot. Tu te plains d'un mal dont le remède est chez toi. Par amitié pour la baronne, je n'ai point, jusqu'à ce jour, voulu te l'indiquer; mais enfin, puisque ton sort est désespéré, je veux bien aujourd'hui te donner les moyens de retrouver le bonheur; moyens que je n'aurais jamais cru être obligé de te signaler; car enfin tu as un cœur et des yeux. Ecoute maintenant, et réponds à toutes mes demandes. Tu veux à tout prix avoir un héritier, qui soit bien ton fils ou ta fille ? — Oui ; chevalier ; de là dépend le bonheur de ma vie. — Puisque tu ne peux pas en avoir avec la baronne, répugnerais-tu à l'obtenir d'une autre femme ? — D'une autre femme ! répète le baron comme effrayé de ma proposition. — Oui, baron, d'une autre femme ; consulte-toi, et réponds sans détour. — Mais, mon ami, Adèle me chérit, je l'adore. — C'est précisément parce que vous méritez d'être heureux l'un et l'autre, qu'il faut ou te guérir de ta folie, ou en tarir la source. — La baronne en mourra, chevalier ! — La baronne ! elle aura plus de courage que toi. Elle fera ce grand sacrifice à votre commun bonheur. Dis-moi seulement si le fils que tu aurais d'une amante, n'en pouvant avoir de ton épouse, te sera cher, s'il satisfera tes désirs ? — Oui, mon ami; foi de gentilhomme, je n'aurais plus rien à désirer; mais quelle femme, dont je n'aurai pas à rougir, voudra bien recevoir mes caresses ? — Cette femme, elle est trouvée, elle est chez toi, tu peux journellement la voir, lui rendre des soins, surveiller sa grossesse, et n'avoir aucun doute sur l'enfant qu'elle te donnera. — Quoi, mon ami, tu crois que cette jeune Béatrix... — Oui, cette jeune Béatrix, belle comme un ange, fraîche comme une rose, et qui porte dans ses yeux le garant de sa fécondité. — Cependant, la baronne près d'elle... sous ses yeux, comment trouver l'occasion ? — De Budoy, serais-tu donc un enfant ? La baronne n'est pas toujours là : on profite de son absence; on parle le langage de l'amour, on stimule les sens, on fait briller de l'or..., on séduit; on est père, et là se termine le roman. — Comment diable tu arranges cela! — Comme cela doit être et comme cela arrivera si tu l'entreprends. — Votre époux, baronne, marcha longtemps absorbé dans ses réflexions. — « Le sort en est jeté, s'écrie-t-il, c'est le seul moyen de retrouver le repos et le bonheur, et de rendre l'un et l'autre à ma jeune épouse. Oh! si le succès couronne mes espérances, que ne ferai-je pas pour consoler mon Adèle de ce vol fait à sa tendresse! Je redoublerai de soins, de caresses et d'attentions; jamais elle n'aura été plus tendrement chérie; j'éloignerai sa rivale aux premiers indices de sa grossesse; je la récompenserai noblement; jamais mon épouse ne la reverra. Mon fils, je le ferai élever secrètement, et quelque jour que mon Adèle sera rayonnante de bonheur et de joie, je tomberai à ses genoux, je lui ferai l'aveu de ma faute, et lui présenterai ce fils, l'objet de tous mes vœux. Je connais mon épouse, elle est généreuse et sensible, elle me pardonnera, et mon fils lui sera bientôt aussi cher qu'à moi. Chevalier, je te devrai le bonheur et celui de ma famille. »

« C'est, ma chère baronne, dans de pareilles dispositions que votre époux m'a quitté. Vous voyez que la nécessité seule le rend un moment infidèle, et qu'au sein même de son infidélité, il n'est pas un mari qui aime aussi tendrement son épouse. Allez donc, jeune héroïne de l'amour conjugal, achevez ce que j'ai si glorieusement commencé, et, méprisant de vaines faiblesses, aider votre époux à vous tromper une fois pour vous être éternellement fidèle. »

M. de Nozi n'avait plus besoin de m'encourager. Maintenant que j'étais sûre de la tendresse de mon époux, et que ma rivale n'aurait aucun droit sur son cœur, je me sentais la force de protéger leurs amours, et de procurer au baron l'occasion d'en obtenir le résultat désiré.

Le lendemain j'allai visiter la comtesse de Cevallos, que Madame de Nozi m'avait fait connaître. Je dis tout haut en présence de mon époux : « Béatrix, comme je serai bien deux heures absente, vous resterez ici afin de répondre à ma place, si quelqu'un vient me visiter. » J'examinai le baron, en disant ces mots, et je distinguai facilement que mon absence lui faisait plaisir. J'ignore comment il s'y prit avec ma suivante; mais en rentrant, je le trouvai chagrin et déconcerté. Je me gardai bien de lui en faire la remarque, pour ne point éveiller ses soupçons. Je vis le lendemain M. de Nozi. « Hé bien, lui dis-je, comment vont les amours? — Ah mon Dieu ! me répondit-il en éclatant de rire, si je n'avais voyagé avec le baron, je croirais qu'il a passé sa vie avec les chartreux. Le pauvret se désespère d'un premier refus. » — Nous rîmes beaucoup de sa simplicité, et nous augurâmes mieux des besoins physiques de la belle. D'ailleurs le baron était un très-joli homme, plein de manières affables et naturellement sensible ; c'eût été une espèce de miracle si Béatrix eût constamment repoussé ses vœux. C'est aussi ce qui n'arriva pas. Après cinq semaines de soupirs et de promesses, ma suivante fut complètement ma rivale. Le chevalier ne me l'eût pas dit, que je l'aurais connu dans les traits des deux coupables. Béatrix, plus alerte, plus éveillée, avait dans toute sa personne je ne sais quoi de plus hardi, de plus déterminé. Quant au baron, il devint moins rêveur et son front s'éclaircit à vue d'œil. Il avait toujours eu pour moi les plus grandes attentions; mais je crois qu'à cette époque il aurait donné la moitié de son sang pour m'épargner le plus léger chagrin. Son amante m'était aussi tendrement affectionnée; on eût dit que son respect et sa complaisance croissaient en proportion des injures qu'elle me faisait en secret. Quoi qu'il en fût, les erreurs du baron m'affligèrent beaucoup moins que je l'aurais cru. Je m'interressai même insensiblement à ma rivale, que je surveillai avec la plus grande attention, ne voulant pas au moins douter de la paternité de mon époux.

Depuis trois mois le baron rendait de secrets hommages à Béatrix, sans en obtenir le résultat qu'il désirait. Son dépit était marqué sur sa figure ; et j'avoue que je n'en fus pas fâchée. L'infécondité de son amante me justifiait complètement ; mais je ne jouis pas longtemps de cette légère satisfaction.

Un jour que mon époux venait de quitter Béatrix, je ne fus pas peu surprise de le voir entrer dans mon appartement, avec les démonstrations les moins équivoques de la plus complète satisfaction. Comment, Monsieur, lui dis-je, vous êtes aujourd'hui d'une gaîté que je ne vous ai jamais vue ? Cette observation parut le surprendre et l'embarrasser. Néanmoins il se remit en me répliquant : « De jour en jour, chère Adèle, je te chéris davantage. Aujourd'hui, que tu me parais la plus belle des femmes, permets-moi de te donner quelques baisers. » En effet, il me prit dans ses bras, et me prodigua les plus tendres caresses. Une réminiscence aussi brusque, la joie qui pétillait dans les yeux du baron, m'intriguaient furieusement, et je brûlais d'en connaître les motifs. A peine fut-il sorti, que je fis appeler Béatrix. Elle ne m'aborda qu'en tremblant, et je m'aperçus qu'elle avait pleuré. Il en fallait moins pour m'apprendre qu'il y avait quelque chose de nouveau entre elle et son amant. Je me gardai bien de lui faire aucune question, étant bien sûre que M. de Nozi m'en apprendrait le lendemain peut-être plus que je n'en voudrais savoir. En effet, de si loin qu'il m'aperçut, il me cria : Victoire! Votre époux est au comble de ses vœux, il est père! Cette nouvelle, à laquelle néanmoins je devais m'attendre, me fit une si douloureuse impression, que je fus obligée de m'asseoir, et malgré moi mes yeux s'emplirent de larmes. Ce fut le dernier tribut que je payai à mes droits.

Votre époux, me dit le chevalier, est venu hier soir chez moi : « Mon ami, m'a-t-il dit en me sautant au cou, je suis le plus heureux des hommes, Béatrix est mère ! je vais au plus tôt lui chercher une retraite où je la surveillerai exactement, car je serais au désespoir qu'elle contractât de nouvelles liaisons avant d'avoir fait ses couches. Cependant je la crois incapable de s'oublier à ce point ; je me suis même aperçu qu'elle est plus faible que vicieuse. Sitôt que je lui aurai trouvé une maison convenable, elle demandera congé à sa maîtresse et s'y retirera. O chevalier ! avec quel

plaisir je vais retourner à la baronne !
Désormais je me fixe sur son cœur, et jamais autre belle ne recevra mes hommages. »

Voilà, Madame, où en sont les choses, et dans quels sentimens j'ai laissé votre mari. C'est maintenant à vous à ne point entraver un événement d'où dépend le repos de votre vie.

Ce conseil était à peu près inutile, je m'étais trop avancée pour reculer au moment de la conclusion. Le retour du baron, sa tendresse, la certitude que rien désormais ne pourrait me la ravir, avaient totalement purgé mon cœur du levain de la jalousie ; je me regardais, au contraire, comme la seule coupable dans toute cette affaire. Oui, me disais-je, si, comme Béatrix j'avais donné un héritier à mon époux, jamais, non jamais il ne m'eût donné de rivale. Ne dois-je pas me trouver heureuse que celle dont il a fait choix ne m'ait pas enlevé son cœur ! Ces divers sentimens m'inspirèrent pour Béatrix, sinon de la tendresse, mais quelque chose de plus qu'un simple intérêt. Je la regardais comme une amie à laquelle je devais épargner le plus léger chagrin. J'aurais, je n'en doute pas, été beaucoup moins affectionnée à ma rivale, si mon intérêt personnel n'y avait été si fortement attaché. Mais considérez que tout mon bonheur résidait en elle. Son sein portait le gage de mon repos, l'enfant qui me rendait et m'assurait la tendresse d'un époux que j'adorais. Ah ! l'épouse la plus avare des caresses de son mari, n'en aurait point, en pareil cas, agi autrement que moi.

On pense bien que mon projet était de m'opposer à ce que Béatrix quittât la maison ; et ce fut en me déclarant contre ce départ, que je voulus instruire ma rivale et son amant, que je n'avais jamais ignoré leurs liaisons. Ce moment ne fut différé que de quelques jours. Je m'aperçus qu'en secret Béatrix faisait des préparatifs de départ. En effet, elle me dit un matin que de fortes raisons l'obligeaient à rentrer dans sa famille, et qu'elle était au désespoir de me demander mon congé. — Vous m'affligez, lui dis-je, Mademoiselle ; je m'étais sincèrement attachée à vous. Seriez-vous mécontente ? Je crois cependant que vous êtes près de moi, plus comme une amie que comme une suivante. — Non, Madame, je suis au contraire confuse des bontés que vous avez pour moi ; mais il faut que je vous quitte. Je sonnai le baron : tu me vois, mon ami, lui dis-je, à la veille de perdre une personne qui m'est bien chère. Béatrix m'abandonne et se retire chez ses parens. — C'est, je l'avoue, me dit le baron, une perte que tu fais, mon Adèle ; mais tu n'as pas le droit de t'y opposer. — Quoi, tu ne pourrais pas m'indiquer quelques moyens d'éloigner ce malheur? En ce cas je serai plus habile que toi. —Ecoutez, mes amis (je les obligeai de s'asseoir et je fis bien ; car Béatrix, pâle comme la mort, était prête à s'évanouir :) Calmez-vous, Mademoiselle, lui dis-je en la baisant sur le front pour la rassurer, je vous ai de trop grandes obligations pour être juge sévère. Sachez que je n'ai jamais ignoré les tendres liaisons que vous eûtes avec mon époux. (Celui-ci fit un cri de surprise et d'effroi.) Je continuai : je connais la cause de votre départ, départ qui n'aura pas lieu, si, sensible à ma prière, vous ne voulez pas m'affliger sans besoin; je vous dirai même, jeune fille, que je suis de moitié dans votre faute; que ce fut pour en obtenir les résultats que je vous reçus à mon service; que je vous ai ménagé les moyens de vous trouver seule avec le baron; que j'ai fait insinuer à celui-ci de vous séduire; en un mot, si vous êtes coupables l'un et l'autre, je ne le suis pas moins. Maintenant qu'il est prouvé que vous êtes victimes de mes intérêts personnels, je veux, autant qu'il sera en mon pouvoir, réparer les torts que j'ai envers vous.

Il est impossible de se figurer l'étonnement des deux personnages. Mon époux, surtout, ne pouvait en croire ce qu'il venait d'entendre, et la réponse que me fit ma rivale ne me surprit pas moins: « Madame, me dit-elle, je ne reçois aucun des torts que vous vous donnez. Je suis coupable et seule coupable ; je sens même tout ce que vous avez dû souffrir, tout ce que vous souffririez si je ne quittais ces lieux. Je suis femme, Madame, je vous juge d'après mon cœur, et n'abuserai pas des efforts que vous faites pour affecter une satisfaction qui n'est point dans votre âme. Je partirai. » — Le ton dont elle prononça ces derniers mots, me fit craindre un moment de la trouver inexorable. J'employai toute l'éloquence de la raison et de l'amitié pour la fléchir ; des pleurs même, vinrent mouiller mes yeux. — Je suis honteuse, me dit-elle enfin, de voir couler vos larmes, tandis que ce serait à moi à en répandre. Hé bien, puisqu'il y va de votre bonheur, je reste en ces lieux ; mais voici mes conditions. Vous me ferez meubler la pièce qui communique avec votre chambre ; là, je me retire, et n'y recevrai jamais personne que vous. Je déclare aussi à M. le baron qu'en votre absence, il n'essaie point d'y pénétrer, car, à la moindre tentative, je me retire ailleurs ; et pour plus grande sûreté, je veux qu'une femme, attachée à mon service, couche dans ma chambre, et ne me quitte jamais quand vous ne serez point chez vous. » Sans un reste d'amour-propre je serais tombée aux genoux de ma rivale, tant j'étais pénétrée de son généreux procédé. Le baron, non moins vivement ému que moi, ne put s'empêcher de lui témoigner combien il était satisfait d'avoir fait un si beau choix. Le même jour Béatrix eut l'appartement qu'elle désirait et une femme pour la servir. Je m'attachai si sincèrement à cette belle fille, qu'une sœur ne m'aurait pas été plus chère. Je lui prodiguai les plus douces attentions, et cinq mois après j'embrassai sans répugnance le fils qu'elle mit au monde.

Il fallait être aussi fortement entiché de la folie des enfans que l'était mon époux, pour se permettre les extravagances qu'il fit en se voyant un héritier. Je ne l'avais jamais encore vu s'oublier ainsi en ma présence. Ce n'était pas une joie, c'était un délire. Il courait comme un fou du lit de Béatrix dans mes bras, et nous accablait de baisers l'une et l'autre; on eût dit, à le voir, que toutes les deux nous avions donné naissance à son fils. J'aimais trop ardemment M. de Budoy pour ne pas lui pardonner cet oubli momentané des bienséances.

Les couches de Béatrix ayant été fort heureuses, elle fut bientôt rétablie. M. de Nozi et son épouse tinrent son fils sur les fonts. Le baron le fit baptiser sous le nom de Jules de Budoy. Je ne m'y opposai pas, car je me proposais de chérir cet enfant comme mon propre fils.

La bienséance, et surtout le caractère de Béatrix, ne lui permettant pas de rester plus longtemps chez moi, voici ce qu'elle me dit un matin : « J'aime à croire, Madame, que vous ne vous opposerez plus à mon départ. J'ai, dans la Vieille-Castille, une tante du côté maternel ; je me retirerai chez elle, je lui ferai l'aveu de ma faute, et lui demanderai sa protection pour mon fils. » Je tressaillis à cette proposition. Mon époux, privé de son fils, redeviendrait bientôt aussi malheureux qu'il l'était auparavant, et moi, prête à saisir le bonheur, je le perdrais de nouveau après avoir fait le plus grand sacrifice qu'une épouse puisse faire. « Au nom de tout ce qu'il y a de plus cher, dis-je à ma rivale, ne privez pas le baron de son fils! Partez, si absolument vous ne voulez point rester ici; allez chez votre parente; les bienfaits de mon époux et les miens vous y suivront. — Quoi! madame la baronne, vous croyez que je vous abandonnerai mon enfant! ma vie serait un présent moins cruel à faire! Si vous saviez à quel point un premier né vous est cher, non, vous ne m'eussiez point proposé de laisser mon fils derrière moi. » J'étais au désespoir, tout en rendant justice à ma rivale. J'envoyai sur-le-champ chercher le baron. A peine eut-il appris qu'il s'agissait de lui enlever son fils, qu'il dit à Béatrix, du ton d'un homme qui veut être obéi: « Mademoiselle, quels que soient vos droits sur Jules, ne pensez pas à l'éloigner d'ici. Je vous céderais plutôt ma vie,

Je ne vois pas, au surplus, qui vous force à quitter cette maison. Depuis six mois que la baronne vous a donné un appartement près du sien, vous ai-je jamais surpris une caresse? Vous craignez de chagriner mon épouse, j'en appelle à son cœur; elle sait que désormais je suis incapable de lui être infidèle; continuez, si vous le jugez à propos, de prendre des précautions contre moi, j'y consens; mais ne quittez point ces lieux. Votre secret n'est point connu au dehors; votre famille n'en est point instruite; élevez Jules comme si c'était le fils de la baronne, et ne cherchez pas que je vous afflige davantage par une résistance que toutes les puissances du monde ne sauraient vaincre. » Les propositions de mon époux étaient pleines de sagesse et de raison : je joignis mes instances aux siennes, et

Béatrix consentit à rester parmi nous. Je rendrai volontiers justice à cette demoiselle ; pendant tout le temps qu'elle resta près de moi, elle en agit avec tant de circonspection avec mon époux que je n'éprouvai pas le plus léger chagrin. Il est vrai que jamais femme ne fut plus tendrement aimée que je l'étais alors.

Depuis quinze mois Jules avait reçu le jour, lorsque cette tante, près de laquelle sa mère avait voulu se retirer, lui écrivit de venir la rejoindre sur-le-champ, voulant, disait-elle, la voir établie avant de mourir. Béatrix, unique héritière de cette dame fort riche, ne crut pas devoir se refuser à ses ordres. Son fils était en trop bonnes mains pour qu'elle en fût en peine. Elle partit donc pour la Vieille-Castille, non sans verser des larmes sur son jeune enfant. Huit mois après elle revint à Séville, et nous apprit qu'elle avait épousé le fils d'un négociant de Burgos, qui la rendait parfaitement heureuse. Elle ajouta qu'elle nous visiterait souvent, parce que le commerce de son époux l'appelait continuellement à Séville.

J'avais atteint ma trentième année. Le crime de ma jeunesse, la perte de ma mère, semblaient s'être éloignés de mon souvenir : le remords enfin ne déchirait plus mon cœur ; je me disais, le ciel a donc pardonné ! Malheureuse ! pardonné ! le meurtre de ton père a-t-il été vengé ? quel sang as-tu versé ? quel fer brûlant t'es-tu passé dans les chairs, quelle perte sensible as-tu faite pour expier ce meurtre horrible ? Si Dieu t'a laissé quelques années de bonheur, c'est pour te faire plus vivement sentir les calamités qu'il assemble sur ta tête.

Oui, lecteur, à l'instant où je croyais mes malheurs terminés, à l'instant où mon époux, heureux des caresses de son jeune enfant, me rendait la plus heureuse des mortelles, le ciel inexorable préparait ses carreaux vengeurs. Qui que tu sois qui parcours cette dernière partie de ma vie, arme-toi de courage, prépare ton âme aux plus fortes secousses. Ce n'est point d'une pitié commune, d'un effroi ordinaire, dont je vais te remplir. Tu poseras plus d'une fois le livre pour respirer, si tu te fais seulement une idée des horribles scènes que je vais te décrire. Je ne te laisserai pas même la consolation de douter de la réalité des faits. Je ne serai plus probablement quand tu me liras, mais si tu soupçonnes un moment la vérité de mes misères, prends le livre; viens le lire sur ma tombe; les ha-

bitans de Vicdessos te l'indiqueront.
— Jules atteignait sa deuxième année. Sa naissance m'avait apporté le bonheur dans toute sa plénitude. S'il eût été mon fils je ne l'aurais pas plus tendrement aimé. Tout à coup il tombe malade. Vouloir se peindre mon effroi, et le désespoir du baron, c'est impossible. Les fils des rois ne sont pas mieux soignés. Attentions inutiles, il meurt ! L'univers se serait écroulé que mon époux eût été moins malheureux. Sa douleur avait quelque chose de sinistre ; ses yeux ne versaient point de larmes. Le mécanisme de ses traits, comprimé par l'excès de la douleur, lui laissait une figure sèche et sans mouvement. J'essayai de lui donner des consolations ; il me mit la main sur la bouche, en me disant : « Il n'est plus !... qu'il ne m'en soit plus parlé. »

Je m'intéressais trop vivement à son bonheur pour ne point lui chercher quelque distraction à ses chagrins. Je lui proposai de faire un voyage en Angleterre. « Tu connais, lui dis-je, le baronnet sir Robert; écris-lui que tu désires aller passer quelque temps à Londres et que tu te proproses de descendre chez lui en arrivant. » Cette proposition parut lui faire plaisir. Le lendemain il écrivit au baronnet, qui lui fit une réponse d'autant plus flatteuse, que depuis longtemps ils s'étaient perdus de vue. Quelques jours après nous nous mîmes en route pour Londres, où nous arrivâmes sans accident. Le baronnet nous reçut avec toute la politesse dont il était susceptible, c'est-à-dire avec une bienveillance passablement grossière. Jamais homme, je crois, ne porta plus loin le mépris des bienséances. Franc, ouvert, généreux, libéral, on pouvait tout obtenir de lui, sa bourse et son sang, mais il eût cru se déshonorer en vous offrant l'une ou l'autre avec ces attentions délicates qui nous sauvent l'humiliation de recevoir un bienfait. Je laisse à penser si une Française élevée dans le grand monde, accoutumée à cette politesse attentive et prévenante qui fait le caractère distinctif de sa nation, pouvait n'être point étonnée des brusques procédés du baronnet. J'avoue qu'au premier coup-d'œil il ne me plut pas; mon époux même me dit qu'il l'avait connu beaucoup plus aimable. Je croyais sincèrement que cette manière d'être était chez lui un vice d'éducation, je me trompais : sa rudesse, sa grossière franchise, étaient au contraire une suite prévue de l'éducation qu'il s'était donnée. Il avait cultivé son naturel en ce sens ; et ce qui me révoltait en lui, était précisément ce dont il s'applaudissait. Sous prétexte d'une franchise stoïque, ses reproches étaient durs, nullement voilés et sans ménagement. Un homme d'esprit, selon lui, ne doit point gazer ce qu'il pense, soit qu'il loue ou qu'il injurie. Un éloge et un soufflet doivent partir aussi rapidement l'un du cœur et l'autre de la main ; et quiconque prend des détours quand il peut marcher droit, n'est qu'un sot qui se ravit le plaisir d'avoir un caractère.

Tel était sir Robert, et tel il se glorifiait d'être. Je sais qu'en France, comme ailleurs, certaines personnes mettent au rang des grands caractères celui du baronnet. Je ne prétends point combattre leur opinion, mais je les assure qu'elles seraient bientôt d'un autre avis, si elles étaient obligées de vivre seulement huit jours avec de pareilles gens. J'avais à peine mis pied à terre chez sir Robert, qu'il me donna un échantillon de son savoir-faire. Il avait rassemblé chez lui une nombreuse société pour égayer notre arrivée. Plusieurs dames en faisaient partie, et tout le monde était rassemblé dans le salon. « Ma foi, Mesdames, dit-il en entrant, j'ai l'honneur de vous présenter une Française que pas une de vous n'égale en beauté. » J'aurais voulu être à cent pieds sous terre, tant je devins confuse de cette impertinence, que le baronnet prenait pour une galanterie. Mais j'eus le bonheur que la société interprétât la rougeur de mon front en faveur de ma modestie. Je ne connaissais pas un mot d'anglais. Toutes les dames eurent l'honnêteté de me parler français.

Comme il n'est pas de réunion où le cœur ne fasse un choix et ne distingue une personne plus qu'une autre, je me sentis entraînée vers lady Brulh, jeune femme d'environ mon âge, et qui s'efforçait plus que toute autre à me mettre à mon aise et au cours des usages du pays. Elle avait été élevée en France ; aussi parlait-elle beaucoup mieux notre langue que ses compagnes. « Le caractère du baronnet, me dit-elle, ne vous convient pas, j'en suis sûre ; mais que voulez-vous, il faut souvent se sacrifier aux circonstances ; c'est d'ailleurs un très-honnête homme, jouissant d'une immense fortune. » J'allais en apprendre davantage, mais un domestique vint avertir qu'on avait servi, et nous passâmes dans la salle à manger, qui, chez cette nation, n'est pas la pièce la moins importante du logis. Si quelqu'un a dit qu'il faut manger pour vivre, je réponds que ce ne fut pas un Anglais : il eût dit tout à fait le contraire. Le peu d'observations que j'ai faites dans ce pays m'a prouvé qu'un repas est un affaire importante pour ses habitans, les hommes, s'entend; car, je dois dire en faveur des dames anglaises, qu'il n'en est pas de plus sobres, et que toutes sortent ordinairement au dessert, laissant les hommes se gorger de viandes et de vin, jusqu'à ce qu'ils tombent sur le parquet ou qu'ils dorment sur la table. Cette intempérance est proprement dite nationale, et se retrouve dans les premières classes de la société. Je ne dis pas néanmoins qu'il n'est point d'exceptions.

J'ai souvent examiné la figure d'un Anglais à l'aspect d'un bon dîner ; son œil contemple les mets et s'agrandit ;

ses lèvres se serrent et s'allongent en museau ; ses joues se cavent et s'enflent tour à tour ; tout son ensemble, enfin, prend une tournure assez plaisamment gastronomique.

Aucune humeur ne me dicte ce trait ; je l'ai puisé dans les nombreuses observations que j'ai faites sur les lieux. J'ignore néanmoins si l'Anglais est le même chez l'étranger.

Mon époux, persuadé que je ne pourrais jamais me plier à l'humeur bizarre de son ami, et voulant d'ailleurs être libre chez lui, prit un logement dans les environs de Drury-Lanes. Le même jour il fit part de son projet à sir Robert. « Non, de par tous les diables, s'écrie celui-ci, vous ne sortirez pas de ma maison. Ha ! je vois ce qui vous chasse ; c'est moi, j'en suis sûr ; mon caractère ne vous convient pas. Hé bien, il me convient ;

à moi : je ne le changerais pour celui du meilleur des Français : mais ce n'est pas une raison pour vous obliger à le supporter. Quoique je ne veuille pas que vous allassiez loger autre part, je veux que vous soyez parfaitement libres ici. Maintenant chacun restera chez soi et s'y fera servir à sa manière. Quant à moi, baron, je veux que le diable m'emporte si je vais te troubler chez toi. » Mon époux eut beau insister, il fallut en passer par tout ce que son ami avait arrêté.

Lady Brulh et moi devînmes inséparables. Elle me promena dans tout ce que Londres avait de plus curieux et de plus intéressant. Beaucoup moins curieuse d'étudier les monumens que les hommes, je connus bientôt le génie de la nation anglaise : loue ce peuple qui voudra, vante qui voudra sa prétendue sagesse, j'avoue franchement qu'il est la nation chez laquelle je voudrais le moins vivre ; tout en lui est en opposition avec nos mœurs et nos goûts. Un Français est un léger courcier qui bondit dans l'arêne, et l'Anglais un bœuf qui la parcourt en ruminant. La philosophie anglaise porte l'individu à s'envisager seul dans la nature ; son humeur ne respecte point les bienséances et sacrifie tout à ses quintes. Son génie, trop fier et trop sérieux, ne sait point se ployer aux ménagemens que les autres hommes ont les uns pour les autres. Parce qu'il est sombre et méditatif, il se croit un être supérieur. Il trouve grand de se donner la mort, parce qu'il ne sait pas se mettre au-dessus des peines de la vie. C'est un fou sérieux et sévère qui condamne la folie aimable et sans conséquence. Il grince des dents quand il croit rire. Il ne pleure pas, il s'étouffe. Incapable de délicatesse en amour, il traite son amante comme un fougueux taureau sa génisse. Ses entretiens sont secs, arides et sans couleur, parce qu'il songe creux; et par la seule raison qu'il peut médire impunément du prince et de la religion, il se croit le peuple libre par excellence. En est-il plus heureux? C'est ce que je nie, en dépit de tous les anglomanes: excepté le mylord et l'homme riche, ce qu'on appelle la classe ouvrière à Londres est absolument malheureux. La multiplicité de leurs mécaniques y rend inutile une foule d'ouvriers qui meurent de faim sitôt que le commerce vient à baisser. Si j'étais roi de la Grande-Bretagne, j'imiterais la générosité de Louis XIV, faisant briser certaines machines qui, en simplifiant le travail, laissaient une foule d'ouvriers sans moyens d'existence. Il faut vraiment être bien peu conséquent pour vanter la prospérité de l'Angleterre. Un artisan anglais pense à cet égard plus sagement que les autres peuples. Qu'importe au peuple anglais, se dit-il, que les flottes de l'Etat envahissent toutes les mers, si, sur le point de terre qu'il occupe, il est plus malheureux que les nations qu'il rançonne.

Tout ce qui se rattache à cette nation porte l'empreinte de la bizarrerie de leurs mœurs, et de la cruauté de leurs plaisirs. Le combat de deux de leurs plus célèbres boxeurs est une preuve, sans réplique, de ce que j'avance. Témoin oculaire de cette lutte aussi féroce que dégoûtante, je n'avancerai rien que de véritable.

Depuis long-temps sir Robert, grand partisan du coup de poing, nous entretenait du plaisir que nous éprouverions à voir s'assommer les deux plus forts champions de la Grande-Bretagne. Si je ne m'étais imposé la tâche de bien connaître les mœurs anglaises, je me serais bien gardée d'assister à ce douloureux spectacle, que les Anglais attendaient depuis si long-temps avec impatience. Enfin, on apprend qu'il aura lieu le samedi 2 octobre, à Thissleton - Gap, dans le comté de Rutland. Je n'avais qu'une idée confuse de ce que ce pouvait être; néanmoins, je croyais que la populace seule pouvait trouver quelques plaisirs à de pareils spectacles. Jugez de ma surprise, lorsque, le jour de notre départ, je vis la maison du baronnet se remplir de personnages de la première distinction! En effet, nous partîmes pour Thissleton-Gap avec le lord Yarmouth, l'honorable Berkeley Craven, le général Grosvenor, le chevalier Maitland, le marquis Queensbury, lord Pomfret, et une foule d'autres de la même qualité. Nous eûmes, en route, l'occasion de voir Cribb, l'un des deux champions que nous allions voir combattre. Cet homme, parfaitement bien fait, peut avoir cinq pieds et demi; sa mise était celle d'un gentilhomme; et l'on disait communément de lui, qu'il était *le meilleur morceau de chair humaine* que la nature eût jamais pétri. Mais ce que j'admirai le plus, ce fut sa gloutonnerie, qui paraîtrait incroyable à qui ne l'aurait pas vue; car il engouffra lui seul, à son dîner, plus de viande que dix autres hommes de sa taille ne l'auraient fait. Le rival qu'il allait combattre était un nègre nommé Molineux. Quoique moins grand que Cribb, son aspect était formidable. Taillé comme un Hercule, il avait la poitrine large, de larges épaules, et des bras capables d'assommer un bœuf d'un coup de poing.

Il y avait déjà quatre mois que ce redoutable athlète s'était mesuré avec Cribb pendant à peu près une heure. Après s'être passablement meurtris l'un et l'autre, la victoire était restée indécise. Cribb avait même déclaré publiquement qu'il ne voulait plus compromettre sa gloire. Ses amis, cependant, et les *flash men* de toutes les classes, croyant l'amour-propre national compromis par les succès d'un homme de couleur, forcèrent Cribb à recevoir le nouveau défi que lui avait fait Molineux. Le capitaine Barclay, le plus zélé protecteur des boxeurs d'Angleterre, ayant trouvé à Cribb un peu trop d'embonpoint, l'avait emmené dans une solitude en Ecosse, où le boxeur, contraint de suivre un régime de la méthode du capitaine, il avait en peu de temps augmenté ses forces et diminué le poids de son corps, qui pesait trente livres de moins à son retour en Angleterre. Molineux, moins heureux que son adversaire, avait été forcé de s'aguerrir lui-même, et souvent il manqua de ce qu'il fallait pour arriver au *nec plus ultrà* de son métier.

Il se fût agi de deux guerriers, décidant en combat singulier des destinées de la patrie, que les spectateurs n'eussent pas été plus nombreux. La veille du combat vous n'eussiez pas trouvé à prix d'or un logement et un lit à trente milles à la ronde.

Enfin il luit ce jour si vivement désiré. Au milieu d'une plaine immense était un théâtre de sept à huit pieds de haut, et entouré d'une enceinte fermée avec des pieus et des cordes. Je ne crois pas avoir vu tant de monde rassemblé dans un même lieu. Cette plaine n'était pas le spectacle le moins intéressant ; c'était une foule innombrable de gens de tout âge, de tous sexes, les uns à pied, les autres à cheval ou en voiture ; encore les voitures étaient-elles surchargées tant sur le siége que sur l'impériale ; et le tout si fortement pressé qu'un petit écu jeté en l'air n'eût point tombé par terre.

A midi les deux champions parurent dans l'intérieur de l'enceinte ; mais Cribb sauta le premier sur le théâtre, en fredonnant quelques couplets ; il en fit plusieurs fois le tour en saluant les spectateurs avec assez bonne grâce. Toute la plaine retentit alors des plus bruyantes acclamations ; celles en faveur de Molineux ne furent pas aussi nombreuses : mais on s'aperçut qu'il avait aussi sa cabale et ses prôneurs.

Chacun des deux combattans fit alors ses préparatifs de la manière du monde la plus solennelle et la plus tranquille. Il faudrait une autre plume que la mienne pour bien rendre l'impatience et l'inquiétude de tous les spectateurs en ce moment. Pas un n'osait souffler, d'autres suaient à grosses gouttes. Les Horaces et les Curiaces inspirèrent moins d'intérêt. L'air déterminé, le front menaçant des deux héros, et le mouvement des muscles de leurs bras nerveux, tout annonce un combat terrible. L'animosité du nègre surtout perçait à travers sa noirceur et brillait dans ses moindres regards; enfin l'un et l'autre se déshabillent et l'anxiété de la foule est à son comble.

Jamais deux tigres affamés ne se disputèrent une proie avec plus d'acharnement ; les coups qu'ils se portaient de part et d'autre retentissaient dans toute la plaine. Les uns ressemblaient à des coups de maillet, les autres à des coups de marteau. Cribb, vigoureusement attaqué par le nègre, aurait fini par tomber, si son courage extraordinaire et les ressources de son art ne lui avaient permis de reprendre de temps en temps ses esprits. Molineux, au contraire, emporté par son animosité, se livrait aveuglement aux coups terribles et bien ménagés de son terrible adversaire. Bientôt il fut hors d'haleine. C'est alors que, profitant habilement d'une ouverture, Cribb lui porta un coup à la gorge qui fut suivi d'une hémorrhagie interne. Je vis distinctement que le sang l'étouffait. Au moment où il tombait, son adversaire lui assena un coup sur le côté qui ressemblait parfaitement à un coup de masse. Le bruit qu'il fit fut couronné par des applaudissemens comme je n'en avais jamais entendus ; les victoires des plus célèbres marins anglais n'ont jamais produit un pareil enthousiasme.

J'étais stupéfaite de cette lutte atroce ; mais mon indignation n'eut plus de bornes quand je vis les seconds de Molineux le relever et le ramener encore comme un enfant au-devant de son adversaire. Une telle cruauté, tolérée par les lois et encouragée par la présence des premières personnes de l'état, m'aurait fait abhorrer le premier peuple du monde.

Cependant, après la douzième attaque, il ne fut plus possible de lancer Molineux contre Cribb, qui fut proclamé vainqueur aux acclamations de la foule. Quoiqu'il eût la figure toute meurtrie et de fortes contusions dans les autres parties du corps ; il prouva par plusieurs entrechats qu'il aurait pu soutenir le choc plus long-temps. Quant à Molineux, il resta long-temps étendu sur le théâtre comme s'il eût été mort. Le chirugien qu'il avait amené avec lui le saigna sur-le-champ ; ses amis le portèrent ensuite dans sa voiture. Il avait la mâchoire supérieure fracassée et trois côtes enfoncées.

Cette journée fut terminée par des orgies qui durèrent jusqu'au lendemain. Tandis que les vainqueurs célébraient leurs triomphes par des chansons en l'honneur des boxeurs anglais, les vaincus cherchaient à noyer dans le vin le souvenir de leur défaite.

Si, dans un voyage fait chez les Cafres ou les Hurons, j'avais trouvé la relation d'un pareil combat, j'aurais accusé l'auteur d'imposture. Comment se fait-il qu'un peuple que sept lieues seulement séparent de nous, trouve quelque plaisir à ces horreurs? Je l'ignore : mais, ce que je sais bien, c'est que depuis ce combat je n'eus jamais bonne opinion des mœurs de l'Angleterre et du caractère de ses habitans.

Mon époux différait très-peu de mon sentiment; et quand je lui témoignai le désir de retourner en Espagne, il me prit au mot. Quelques jours après j'eus le bonheur d'embrasser madame de Nozi, qui attendait mon retour avec la plus vive impatience.

Depuis long-temps le baron ambitionnait le bonheur d'aller finir ses jours en France. De puissans protecteurs sollicitaient depuis quinze mois sa radiation de dessus la liste des émigrés. Ils réussirent enfin de l'obtenir du nouveau gouvernement. Cette nouvelle me fit un sensible plaisir. Outre le bonheur de revoir la patrie où j'avais reçu le jour, j'avais encore le doux espoir que mon époux y oublierait la perte de son fils. Nous étions l'un et l'autre trop empressés de fouler le sol de nos ancêtres, pour différer long-temps notre départ. Nos préparatifs furent bientôt faits. Nous embrassâmes nos tendres amis, et nous nous mîmes en route. Arrivés au pied des Pyrénées, nous laissâmes nos bagages aux voitures publiques; et mon époux et moi les devançâmes, montés chacun sur un bon cheval.

Toujours de grands malheurs, dit-on, sont précédés de quelques pressentimens : ce n'est pas toujours vrai. Près de mon époux, bercée du doux espoir de revoir cette France si chère à mon cœur, je gravissais paisiblement les sentiers tortueux de la montagne, lorsque tout à coup huit scélérats, sortis d'une roche voisine, nous ferment le passage et signifient à mon époux de mettre pied à terre. Nous vîmes l'un et l'autre à qui nous avions affaire. Le Baron était brave, intrépide : de deux coups de pistolet, il étend sur la place deux de ses assassins; je suivais ses mouvemens, je l'imitai : mais, moins heureuse que lui, un seul de mes coups porta. Quel moment suivit cette décharge! Mon époux percé de trois coups de fusil avait cessé d'exister. Mes regards éperdus saisirent encore le dernier des siens; il était plein de regrets et de tendresse. J'ignore ce que je devins; mais quand je repris mes sens, j'étais nue comme l'enfant qui vient de naître, près du cadavre de mon époux, aussi complètement dépouillé que moi. C'est alors qu'il se fit en moi une révolution complète. La faculté d'apprécier mon malheur me fut tout à coup ravie ; ma nudité me parut naturelle. Je contemplais froidement les cadavres mutilés des assassins que mon époux avait terrassés ; le sien même ne reçut point une larme. Je m'accroupis près de lui comme un enfant près du jouet qu'il affectionne. J'étais dans cette position, lorsque le bruit de plusieurs personnes me fit regarder derrière moi. C'étaient les assassins de mon époux avec un homme de plus à leur tête, et qui semblait leur commander. Tout sentiment de pudeur m'avait sans doute abandonnée, puisque je ne cherchai point à me voiler de mes longs cheveux. Celui qui paraissait le chef, et qui l'était en effet, me jeta son manteau dans lequel je m'enveloppai machinalement. Si mon esprit n'eût été aliéné, ces monstres m'eussent fait horreur, et je me serais jetée sur eux; mais je ne voyais en eux que de simples individus que je regardais stupidement. Le chef fit signe à deux des siens de porter les cadavres derrière une pointe de rocher qu'il leur montra. Soudain je me débarrasse de mon manteau; je m'empare du corps de mon époux, je le soulève et le charge moi-même sur mon dos.

Figurez-vous, s'il est possible, au milieu de six bandits et sur le sommet désert des Pyrénées, une femme jeune et belle encore, nue comme la main, les cheveux épars, et portant sur ses épaules le cadavre d'un homme assassiné l'instant d'auparavant; le sang de la victime coule abondamment sur la gorge et les bras de cette infortunée. Ce sang est pourtant celui de son époux, de son bien-aimé, du seul mortel qui l'intéressait au monde, et cependant elle n'est plus qu'un bloc animé! Quel tableau! Il est pourtant vrai, et telle je parus aux yeux de six assassins.

Le terrain sur lequel nous deposâmes les cadavres était une espèce de sable mouvant. Sitôt que je vis les brigands faire une fosse avec leurs sabres, j'en creusai une de mon côté à quelque distance de la leur. Mes mains et mes ongles me suffirent; en peu de temps elle fut assez profonde pour contenir le corps de mon époux, qui, sans que je l'aie prémédité, ne partagea pas le même tombeau que ses bourreaux. Sitôt que les cadavres furent inhumés, le chef me remit son manteau sur les épaules et m'offrit son bras que j'acceptai sans répugnance. Je ne le connaissais pas, cet homme; je le suivais comme j'aurais suivi tout autre. Il s'aperçut que les pierres déchiraient mes pieds délicats ; sur-le-champ, lui et ses compagnons, me prennent sur leurs bras et me portent dans la retraite qu'ils habitaient. Quoiqu'insensible aux maux physiques, je souris de l'attention de ces bandits ; mais ce rire était celui de la stupidité satisfaite. Heureuse, mille fois heureuse, si cet état d'aliénation avait été permanent, car alors je ne sentais rien, ni souffrances, ni privations, puisque je n'existais que machinalement. Mais le Dieu qui me poursuivait n'aurait point été satisfait ; sa toute-puissance avait autrement organisé mon supplice. Mon aliénation était journellement suspendue par des intervalles de bon sens. Ma mémoire, cruellement fidèle, me retraçait à l'instant jusqu'aux moindres particularités de ce que j'avais vu ; entendu, et fait dans mon délire. La carte de ma vie se déroulait alors devant moi : le meurtre de mon père, la mort tragique de son épouse, la perte de Jules, l'assassinat de mon bien-aimé, ma nudité, la solitude et l'horreur des lieux que j'habitais, tout enfin venait s'offrir à ma pensée et me torturait l'âme. Si le ciel au moins, à l'instant où mon époux cessa de vivre, m'eût inspiré un suicide et m'en eût donné le courage, j'aurais terminé mes jours et mes misères, je n'aurais point eu à rougir d'une horrible fécondité, et des infamies qui la précédèrent. Ah ! qu'il était bien plus ingénieux à me punir ! Si, dans le cours de mes calamités, je pensai un moment à ma destruction, soudain une force secrète, ou m'arrachait cette pensée, ou me replongeait dans le délire. Quelle était au surplus l'espèce de raison que je retrouvais par intervalles ! elle avait toujours quelque chose de vague et rien de fixe. Je n'en faisais usage que pour me retracer mes malheurs, me roidir contre, et me façonner stupidement à la vie affreuse où le sort m'avait réduite. S'il n'en eût été ainsi, ou plutôt si le ciel n'avait pas disposé de mes destins, n'aurais-je pas descendu les Pyrénées, demandé du secours, des vêtemens, et rentré dans ma patrie, où j'aurais trouvé de nombreux protecteurs? Mais non : il m'imprégnoit d'une répugnance invincible pour l'unique et sage parti que j'avais à prendre dans ces malheureuses circonstances.

Maintenant, me voici arrivée à l'époque de ma vie où je ferai horreur, si je n'inspire pas une tendre pitié. Si ce narré de mes misères est lu superficiellement, l'opprobre s'attachera à ma mémoire ; mais si le lecteur s'identifie avec les circonstances, s'il calcule mon âge, s'il réfléchit que j'étais aliénée, s'il se rend compte des jeux bizarres de la nature, il se dira : « Ce fut une malheureuse victime du courroux céleste, qui la roula dans la fange, pour la punir d'un atroce forfait. »

J'ai longtemps balancé à décrire cette horrible circonstance de ma vie. Je craignais qu'elle n'alarmât la pudeur ; mais, puisque mon projet était d'offrir, au monde épouvanté, un imposant tableau des vengeances de Dieu, j'ai pensé que la suppression de ce noir épisode laisserait un vide dans l'ordonnance générale du sujet, et les détails m'en ont paru trop hideusement intéressans pour l'en priver. Moins timide que ce peintre qui, contraint de voiler les sublimes nudités d'un Enfant-Jésus, mouillait sa palette de ses larmes, j'ai, dans un moment de calme affreux, jeté hardiment sur le papier cette sombre narration.

Les bandits entre les mains desquels j'étais tombée ne formaient pas une troupe organisée et nombreuse. La mort de trois des leurs les réduisait à sept, y compris celui qui paraissait leur commander; trois étaient Espagnols, deux Piémontais, un Basque et un Poitevin. C'est à ce dernier qu'ils obéissaient volontairement, parce qu'ils le regardaient comme le plus intrépide et le plus industrieux; autrement ils n'avaient point de chef.

La retraite qu'ils s'étaient choisie était une espèce de caverne qui se prolongeait dans les flancs déchirés d'un rocher voisin du Mont-Calm. Ce repaire se composait de quatre à cinq petites grottes, naturellement séparées entre-elles. Les brigands en habitaient les deux plus grandes ; et dans les autres ils déposaient les objets enlevés aux voyageurs. Le Poitevin qui les commandait se nommait Lantier ; j'ignore si c'est son véritable nom ; c'est au moins celui qu'ils lui donnaient. Son premier soin fut de me laver et de me passer une chemise d'homme, car il n'en avait pas de mon sexe. Débarrassant ensuite un des petits caveaux, il y étendit de la paille, sur laquelle il mit un mauvais sommier de crin et plusieurs manteaux. Aucun de ces préparatifs ne m'échappait ; je savais même à quoi on les destinait. Mais, je le répète, je n'avais aucun sentiment de frayeur, tant était complète la stupidité de mon délire. Un de ces misérables étendit un manteau par terre, sur lequel il mit plusieurs viandes salées et une demi-douzaine de bouteilles. Tous s'assirent; et je pris place à côté de Lantier, qui me servit à manger. Quelle réunion! la fille, l'unique héritière du baron de Lunel, tranquillement accroupie au milieu de sept malfaiteurs et partageant leurs repas dans les flancs caverneux des Pyrénées, est un de ces événemens faits pour bouleverser toutes les idées. Mes affreux convives s'entretenaient, en mangeant, de la mort de leurs compagnons, de celle de mon époux, et surtout de ma beauté. Je les entendais et les comprenais comme si j'eusse été en pleine raison; mais je ne me faisais aucune application. Je ne tirais aucune conséquence; en un mot, j'étais dans un état à ne m'opposer à rien;

Il était à peu près nuit quand les brigands eurent terminé leur repas ; ils s'armèrent aussitôt, et sortirent pour aller sans doute à de nouvelles expéditions.

A peine furent-ils partis que mon délire cessa. Un aussi prompt changement fut-il l'effet des alimens que j'avais pris, ou n'était-ce pas plutôt l'instant marqué par la Divinité pour agraver mon supplice, en me rendant la faculté d'en contempler les élémens? Quoi qu'il en fût, l'importun flambeau de ma raison vint tout à coup éclairer l'abîme où des monstres m'avaient englbutie. Je frissonnai d'horreur à la vue du repaire que j'habitais. Celui-là qui se coucherait paisiblement dans un lit et se reveillerait dans une tombe, serait moins épouvanté. Cependant, et le meurtre de mon époux, et ma nudité, et la fosse que j'avais creusée, le repas et la sortie des bandits, tout, en un mot, vint se retracer à mon souvenir. Grand Dieu! Moi nue, palpée, baignée, essuyée de la main d'un malfaiteur en présence de six bourreaux comme lui! Cette idée faillit me jeter contre les parois de la caverne. Et toi, qui dispose de tout à ton gré, Maître du monde, pourquoi permets-tu ces horreurs? Pourquoi!, et c'est moi qui te fais cette demande? Ah! ne sais-je pas que tu veux réunir sur ma tête tous les genres d'infamies? Hé bien, tu seras satisfait: aussi bien je n'ai ni la force, ni la volonté de chercher à me soustraire aux calamités qui m'assiégent de toutes parts.

C'est ainsi que je discourais de mes destins lorsque je vis entrer le chef des bandits; sa personne et son nom m'étaient aussi connus que si je n'avais pas eu l'esprit aliéné quand il m'approcha la première fois.

Lantier était un jeune homme d'une belle taille, d'une figure qui aurait été intéressante, si son regard sombre et farouche n'en avait altéré la beauté. Sa voix était tour à tour douce et gracieuse, sonore et terrible. Quand il parlait paisiblement on aimait à l'entendre; mais une fois que le sujet venait à l'échauffer, c'était un salpêtre et sa phrase un foudre.

La prudence, il est vrai, et mon intérêt personnel, me faisaient une loi de ménager un pareil homme. Maître absolu de ma personne, il pouvait me faire sentir le poids de sa colère et mettre le comble à mes infortunes; cependant je ne fus pas maîtresse de contenir mon indignation. Sa présence me rendit furieuse. « Assassin de mon époux, lui dis-je, de quel droit m'as-tu contrainte à venir dans ces horribles lieux ? — Je ne t'ai contrainte à rien, me répondit-il froidement ; tu es venue ici sans que je t'aie fait la plus légère menace. — Je puis donc fuir de ce repaire ? — Non. — Pourquoi ? — Parce que tu es femme et belle. — Tu crois donc... — Je crois que tu es en mon pouvoir et que rien ne te peut soustraire à mes désirs. — Scélérat ! — Scélérat tant que tu voudras, j'y consens ; femme, apprends que l'homme qui, à vingt-trois ans, s'est voué à l'infamie, est bien au dessus des plus sanglantes épithètes, et que toujours il se rie de ceux qui veulent l'humilier ou le désarmer en les lui prodiguant. — Ainsi donc rien ne peut te fléchir ? — Tu l'as dis ; rien ! — Cruel, si tu connaissais l'excès de mes malheurs ! — Tes malheurs ! va, tu ne me connais pas ; les malheurs sont de légères adversités contre les miens. Ecoute, et frémis. Je suis Français, et plût à Dieu ne l'avoir jamais été. Oui, femme, et depuis vingt-cinq ans heureux celui qui reçut le jour sur un autre sol. Tiens, moi, si j'étais né dans les antres glacés des monts Krapack, je serais honnête homme, bon époux, bon père ; je serais la consolation de mes vieux parens, je ne les aurais pas vus descendre dans la tombe au milieu des tortures de la faim ! Je suis né en Poitou : mon père, honnête serrurier, vivait tranquillement du fruit de ses travaux avec trois fils, son unique espérance. Il était vieux et infirme ; mais trois garçons forts et vigoureux le remplaçaient à sa forge ; enfin, son commerce, au lieu de faiblir, s'accroissait tous les jours.

Tout à coup le nuage révolutionnaire crève sur notre turbulente patrie. Des bataillons se forment ; des bataillons, et encore des-bataillons ; tout part, tout meurt. Un mot, qui ne ne s'appliqua jamais qu'au barreau et autres objets domestiques, fut tout appliqué à l'espèce humaine. La réquisition fut décrétée ; elle atteignait mon frère aîné, il partit. C'était le tiers de la fortune de mon père que le gouvernement lui enlevait. Il fallut néanmoins s'en consoler avec les deux fils qui lui restaient. Huit mois après mon frère fut tué, ma mère en mourut de douleur. Mon frère et moi nous redoublâmes de soins, de tendresse et de courage ; et l'auteur de nos jours survécut à notre double perte. Un Corse, désertant tout à coup l'Egypte et son armée, se trace un chemin au trône de Henri IV, et l'obtient. Insensible guerrier, et jugeant l'espèce humaine ce qu'elle vaut, peu de chose, il se rue sur les puissances du continent et les assomme avec des cadavres français. Cependant ses phalanges s'affaiblissent, il lui faut d'autres hommes; se contentera-t-il d'en demander avec les termes usités? non: le mot réquisition est vieux, et surtout il n'est pas de son règne. Il se consulte; à l'instant un conseiller d'état, je me trompe, un boucher, forge le mot conscription, et la jeunesse française est le patrimoine d'un soldat furibond. Mon frère se trouve alors compris dans l'arrêt de mort. Mon malheureux père se traîne chez les magistrats, leur expose son âge, ses infirmités, ses besoins. Un vil coquin, raccoleur infâme, et soi-disant capitaine de recrutement, lui dit: « Tu n'as pas d'argent? hé bien, voilà la loi.

Sors d'ici ; ton fils part demain. » En effet mon frère partit le lendemain ; et trois mois après il fut mitraillé à Friedland.

De trois fils, son unique fortune, mon malheureux père n'avait plus que moi. Son âge, ses infirmités, ses malheurs, et ce titre sacré d'un bon père, en fallait-il plus pour centupler mon assiduité au travail et mon émulation? A l'aide d'ouvriers, je soutins la boutique sur le même pied. Soudain le guerrier qui avait bouleversé toute l'Europe est lui-même battu de toutes parts. Il lui faut des hommes et encore des hommes; d'infâmes mandataires souscrivent à ses fureurs ; de nouvelles levées sont proclamées et j'en fais partie. La ciguë présentée à mon père eût été un bienfait, comparée à mon billet de conscription. J'étais pour lui l'air qu'il respirait ;

il réclame, il crie ; s'arrache les cheveux, on ne l'écoute pas, on le repousse. Le despotisme avait cuirassé tous les cœurs, et changé les magistrats en satellites du crime. Mon père n'avait plus qu'un seul parti à prendre pour me conserver : c'était de m'acheter un remplaçant. Huit, dix, douze mille francs, étaient une somme qu'il ne pouvait réaliser. Enfin nous eûmes le bonheur de trouver un homme qui me remplaça pour quatre mille francs, dont mille écus en partant. Nous vendîmes tout, excepté nos outils. Cet homme était conscrit des années antérieures, et nous n'avions pas le moindre soupçon que sa classe courût les risques d'être rappelée ; cependant elle le fut l'année suivante, et moi contraint de rejoindre à sa place. A tout il est un terme, et celui de ma soumission était arrivé. Ne pleurez pas, dis-je à mon père; je quitterai ces lieux, il est vrai, mais je n'irai pas me faire massacrer pour les intérêts d'un conquérant. Je me retirerai quelque part où je travaillerai, et mes gains, oui, tous mes gains seront pour vous. Calmez-vous, et laissez-moi faire. » Je pars donc avec les autres conscrits pour l'armée d'Espagne. Arrivé au pied des Pyrénées, je déserte, et me retire dans les cavités de ces montagnes. Je n'avais que dix-neuf ans, et cependant le nouveau genre de vie auquel je me destinais en secret ne m'inspira pas la moindre frayeur. J'allais nourrir mon père, ne pas servir son bourreau, et peut-être un jour m'en venger! Je mesurai mes attaques à mes forces, et n'arrêtai jamais deux personnes ensemble. Je n'en voulais point à leurs jours, et deux forts pistolets, dont j'accompagnais mes demandes, me sauvèrent toujours les désagrémens de répandre du sang. En sept mois de temps je me trouvai cinq cents francs d'argent. Je me travestis alors et me dirigeai vers la maison paternelle. Je n'en étais plus qu'à cinq lieues, lorsqu'un voiturier du pays me rencontra et me reconnut. Je lui dis qu'ayant déserté, j'allais pour quelque temps me retirer chez mon père. « Ton malheureux père, me dit-il, n'existe plus, il est mort misérablement. Quinze jours après ton départ on apprit que tu avais déserté avant d'entrer en Espagne; ton père fut poursuivi et condamné en quinze cents francs d'amende envers le gouvernement. N'ayant pu solder cette somme, trois mois après ses meubles furent vendus. Il se retira dans un cabinet, sur un misérable grabat; il y vécut des secours publics : il y a trois semaines enfin, que ne le voyant plus paraître, on enfonça sa porte, et on le trouva mort d'inanition.

Chaque parole de cet homme avait descendu une furie dans mon cœur. Le barbare couronné, ses codes, ses magistrats, ses satellites, l'espèce humaine enfin, j'exécrai tout ! « Maintenant, me dis-je, je puis me livrer sans crainte à la haine que je voue au genre humain. Je ne puis croire que le ciel, qui tolère et protége un individu qui tous les ans égorge un million d'hommes, puisse apercevoir et punir un être isolé, qui n'a d'autre appui que la rage qu'il a conçue pour l'espèce humaine, rage motivée par la barbarie avec laquelle ses semblables l'ont traité ainsi que sa famille. Je me hâtai donc de rentrer dans ces horribles solitudes. En quinze jours je recrutai six

Espagnols condamnés à mort par les nouvelles autorités de leur pays, deux Piémontais, bandits de profession, et un Basque, déserteur du deuxième régiment. Le désespoir m'avait rendu intrépide. Plus d'une fois j'arrachai mes camarades à des périls certains. Ils en furent reconnaissans, et depuis cette époque ils me regardèrent comme leur chef. Familiarisé depuis quatre ans avec l'horrible existence que je traîne, tous les prestiges de la société se sont évanouis devant moi. Je ne justifierai point mes crimes, je les commets, je veux les commettre; si le ciel s'en indigne, hé bien! ici plus qu'ailleurs je suis près de la foudre, qu'il frappe; mais jusqu'à ce qu'il m'atteigne, je travaillerai à mon bonheur, et celui des autres sera toujours compté pour rien. Voilà, ma belle, l'historique de mes calamités:

jugez maintenant si les vôtres leur sont comparables. » — Je n'ai pas de compte à te rendre, répondis-je à Lantier, lorsqu'il eut cessé de parler. Je fus coupable aussi, moi : mais j'ai sur toi l'avantage de n'avoir pas raisonné le crime, et de pleurer éternellement. — Pleurer, cela soulage ; moi j'étouffe ou grince des dents. Mais, et je l'espère, mon sort à l'avenir sera plus doux. Ah ! des privations que j'éprouve, la plus cruelle, je te jure, c'est de ne pouvoir presser une femme sur mon cœur. — Quoi ! tu penses que je recevrai dans mes bras l'assassin de mon époux ? Crois-moi ; j'aurai cessé d'être avant cette infamie. — Puisqu'il en est ainsi, terminons ; de plus longs discours seraient de trop, écoute seulement : Je ne suis pas l'assassin de ton époux. Tes mains ont répandu plus de sang que les miennes, puisque tu as donné la mort à un de mes camarades, et depuis quatre ans que nous dépouillons en ces lieux les voyageurs, nous n'avons jamais brûlé une amorce. Si ton époux n'eût fait imprudemment feu sur huit hommes armés, il vivrait encore et n'aurait perdu que quelques hardes, non que nous l'eussions ménagé par humanité, nous ne sommes pas humains, et nous laissons cette vertu aux gens heureux qui peuvent l'être et le sont moins que nous; mais il vivrait parce que nous n'avons pas besoin de tuer; que cela fait du bruit et compromet davantage. Quant à ce qui te regarde, voici ce dont il s'agit. Désormais je n'aurai que mi-part dans le butin que fera la troupe, aux conditions que tu seras ma propriété. C'est une convention de bandits; mais je te jure que, faite à l'autel, elle serait moins sacrée. Tu vois bien que je mets ta capture et ta possession au dessus des trésors ; tu le mérites, il est vrai, car tu es bien belle. Or donc, si tu résistes, je serai obligé de me faire aider par mes camarades, et de te lier. Si au contraire tu te conformes à ton sort, jamais leurs mains impures n'approcheront de toi. Ce que je te dis est si vrai, que je me brûlerais à l'instant la cervelle si je ne savais pas cette nuit être heureux sur ton sein. Heureux!.. Femme, ce n'est pas le mot... Bandit repoussé de la société, contraint de se blottir sous un rocher pour échapper aux châtimens, et se trouver tout à coup sur le cœur d'une femme, belle comme la beauté même! ah! c'est sauter du feu des enfers dans le séjour des bienheureux! »

La chaleur avec laquelle le scélérat prononça cette dernier phrase, me convainquit, à n'en plus douter, que mon infamie était irrévocable. En fallait-il davantage pour anéantir ma faible raison et me replonger dans mon premier délire? En effet, l'exaltation de mes idées s'éteignit tout à coup; tous mes souvenirs disparurent; Lantier ne me parut plus un assassin; il était bel homme, je lui souris. Il crut probablement que ses raisons m'avaient convaincue. Il s'avança pour me donner un baiser; je le repoussai doucement, comme j'aurais fait à l'amant digne de me plaire. Excepté la connaissance de mon malheur et de ma situation, j'avais toute la connaissance possible. Lantier me parlait et je lui répondais; il me montra des viandes, et je lui préparai à manger. Semblable enfin à ces somnambules qui parlent et agissent en dormant, le réveil seul pouvait me rendre rebelle aux volontés du bandit.

Dans une des séparations de ce repaire, la bande déposait l'or et les bijoux ; ils en avaient pour une somme immense. Lantier y entra je ne sais pourquoi : jugez de ma surprise, lorsque je l'en vis sortir tout à coup en s'écriant : les fourbes ont enfin exécuté leur projet ; ils sont partis et ont emporté presque tout l'or que nous devions partager. O ! que je fus bien avisé de soustraire à leurs regards une foule de bijoux précieux dont j'aurai plus que jamais besoin ! Depuis long-temps ils me sollicitaient de fuir sous un plus riche climat ; je m'y suis toujours refusé, parce qu'ici je suis plus en sûreté que si j'étais dans les entrailles de la terre. Ils croient avoir tout emporté ; non, non : ils ne m'ont pas tout emporté, puisqu'ils m'ont laissé cette femme chérie ! Oui, toi, mon ange, tu vaux seule mille fois plus que l'or qu'ils emportent. Ah ! qu'ils s'éloignent, les fourbes, j'y consens ; je suis au contraire enchanté de leur fuite. Leur présence m'eût été importune ; libre à l'avenir, et seul près de l'amie de mon cœur, je ne la quitterai que pour lui procurer ce dont elle aura besoin. » Me prenant alors dans ses bras, il me couvrit de baisers, que je n'évitai pas, que peut-être je ne voulus point éviter. J'étais, je m'en souviens, stupidement satisfaite de me voir aimée : c'était une heureuse distraction à ma solitude. Le coupable avait disparu ; je ne voyais à sa place qu'un homme aimable et complaisant. Notre repas fut celui d'un couple heureux que le plaisir et l'amour réunissent. Mon amant..... Lecteur, tu frémis ? La baronne de Budoy, l'amante d'un bandit ! Ce trait te révolte ! Hé bien, il est vrai. Ce sincère aveu de mes faiblesses, devient le coloris qui distingue les événemens de ma vie d'avec des faits controuvés. J'avoue d'autant mieux mes erreurs, qu'elles ne furent pas les miennes, mais bien celles de mon délire ; que brute animée, mon cœur ne donna jamais son consentement aux impulsions bizarres de la nature. Mon amant donc, assis près de moi, me servait avec l'attention d'un galant homme qui veut capter la bienveillance d'une femme qu'il chérit. Son regard, naguères sombre et farouche, était vif et brillant, l'ivresse de la joie était épanchée dans tous ses traits, enfin il était au comble du bonheur.

On a dit mille fois qu'il n'était pas un instant de bonheur pour le crime ; malheureusement ce n'est qu'un vertueux sophisme, dicté par l'intérêt de la société et la morale publique.

Lantier m'a prouvé le contraire pendant le long séjour qu'il a fait près de moi.

L'heure du repos étant venue, mon nouvel associé ferma notre caverne avec une grosse pierre qui en défendait ordinairement l'entrée; me donnant ensuite la main, il me conduisit au lit qu'il m'avait préparé. Je quittai son manteau et me couchai; je le vis se déshabiller près de moi. Soudain un sentiment de pudeur et de colère me fit relever spontanément. L'éclair qui brille et s'éteint est moins rapide et passager que ne le fut cet élan de l'honneur et de la vertu menacée. Mon amant éteignit la lumière et m'entraîna sur la couche où je reçus ses infâmes caresses. Je dis infâmes, parce qu'à l'instant où j'écris, je ne suis point en délire; mais lorsqu'elles me furent prodiguées, séduite par mon tempérament ; trahie par la nature et par des sensations infernales ; je les trouvai suaves et délicieuses ; ces criminelles caresses ; je m'y abandonnai sans réserve.

Le jour commençait à poindre lorsque je me réveillai. Ivre encore de coupables sensations, je cherchais à mes côtés celui qui les avait fait naître. Inquiète, je me levai et voulus sortir pour l'appeler ; mais la pierre qui fermait l'antre, trop pesante pour mes forces, ne me le permit pas. L'absence de Lantier m'inquiétait furieusement, il me semblait qu'une portion de moi-même m'avait abandonnée, et d'abondantes larmes s'échappèrent de mes yeux. Cette douce explosion rafraîchit mon sang. Mes idées insensiblement se débrouillèrent, et ma raison vint m'offrir le tableau de mon infamie. Je fis un cri horrible et reculai d'épouvante. Je n'osais porter les mains sur moi; je me faisais horreur ; j'étais souillée ! Un torrent de pensées, toutes plus cruelles les unes que les autres, vint alors m'assiéger. Je ne cherchai point à m'abuser; je mesurai tranquillement mon malheur, et le trouvant sans remède, je pris le parti de m'y conformer. Le passé, me disais-je froidement, ne doit plus rien être pour moi. Je ne fus jamais l'héritière de monsieur de Lunel et l'épouse du baron de Budoy. Je suis née dans ce repaire et la compagne d'un bandit; je suivrai ses destins. Le ciel, au surplus, est juste dans ses décrets. Lantier est criminel, et je suis parricide. Nous sommes dignes l'un de l'autre: c'est le crime qui s'unit au forfait. Serrons donc de pareils liens, puisque déjà ils sont formés.

Cette résolution, fût-elle coupable,

ne le fût-elle pas, n'en devint pas moins irrévocable. Je ne demandai à Dieu que de me replonger dans un délire éternel.

J'étais dans ces dispositions lorsque Lantier rentra. La veille il m'avait fait horreur, sa présence alors ne me fit aucune fâcheuse impression. Sous le costume des gens du pays, il venait d'un village éloigné me chercher des fruits, du lait et d'autres provisions. — « Tu auras sans doute été bien surprise, me dit-il, de ne me point trouver à tes côtés ? Je l'avoue, lui répondis-je, j'ai même essayé de sortir d'ici pour vous appeler. — Pardonne, mon amie, si je ne t'ai point éveillée, mais tu reposais si tranquillement que je n'ai pas osé troubler ton sommeil. — Je suis donc définitivement ta compagne, ton amie, ton épouse ? — Dis mon ange, ma bien-aimée, l'air que je respire. — Sais-tu, Lantier, que tu t'exprimes bien? — J'ai fait quelques études; près de toi, au surplus, les douces épithètes coulent de source. Tu ne sais donc pas que ton amour met le comble à mes infortunes? — C'est un de mes plus grands chagrins; mais comme je ne puis y remédier, je vous aime telle que vous êtes. Le ciel, malheureusement pour vous, et par bonheur pour moi, vous met souvent dans un état où vous répondez à mes caresses; étrange situation que d'être obligé de préférer votre délire à votre raison. — Je serai donc éternellement malheureuse? — Oui, mon amie, puisque ma tendresse est un malheur pour toi. Mais je te jure que pour te rendre heureuse, je ferai tout, excepté me priver de tes embrassemens. » Je possède une foule de bijoux; demain ils seront échangés pour de l'argent. Tu ne manqueras de rien en ces lieux, tu ne trouveras pas toujours en moi un bandit; je ménagerai ta délicatesse, ton amour-propre, autant que mon funeste sort le permettra; et si je ne puis être honnête homme; près de toi je m'efforcerai d'être bien moins coupable. Dis-moi, je t'en prie, quel est ton nom? — Tu ne sauras jamais le mien; donne m'en un, si tu veux. — Hé bien, je te nommerai Sophie. »

Depuis trois mois je vivais près de Lantier, je ne dirai pas malheureuse, j'en imposerais. Sa bonté, ses complaisances, et, le dirai-je, les douces attentions de son amour, m'avaient rendu sa société nécessaire. Puisqu'il fallait que j'expiasse mon crime dans l'opprobre, ce coupable mortel était peut-être le seul qui pût m'arracher à d'affreux souvenirs et suspendre mes douleurs. Qui que tu sois, qui voudrais me faire un crime de ma faiblesse, n'oublie pas qu'elle est la suite de l'horrible position où les destins m'avaient placée ! J'aurais voulu me refuser à Lantier, que, profitant de mon délire, il m'avait déjà obtenue. Avilie, déshonorée, incapable de soutenir les regards de la société, convaincue enfin que la vengeance de Dieu me poursuivait, un mont escarpé et solitaire me parut un asile convenable à mes malheurs, et la société de Lantier l'unique douceur que je pouvais rencontrer dans ces lugubres lieux.

Cet homme, au surplus, n'était pas né pour le crime. Loin de moi néanmoins la pensée de le justifier : au printemps de sa vie, il vécut et mourut coupable, je le sais ; mais je dirai toujours avec plaisir que si les persécutions d'un gouvernement sans pitié n'avaient enflammé son sang et monté sa tête au dernier période du désespoir, il eût compté parmi les honnêtes gens, et fait honneur à la société. « Sophie, me disait-il un jour, j'ai de l'or pour subvenir long-temps à tes besoins ; tant qu'il durera, je ne ferai pas un malheureux. Je ne sais quel effet ta présence fait sur moi, je ne me reconnais plus, je suis un tout autre homme. Ecoute, ma tendre amie, je ne puis me défendre d'une pensée qui me pénètre secrètement de la plus douce satisfaction ; je ne crois pas devoir au seul hasard le bonheur de te posséder ; je soupçonne que le ciel, dont souvent j'ai défié la foudre, t'a conduite en ces lieux pour calmer l'effervescence de mon sang ; et me rendre enfin moins digne de sa colère. Il sait que ma rentrée dans la société est impossible, que j'ai mis entre elle et moi une barrière d'airain; mais il sait aussi que je méritais d'être moins coupable; et que la source de mes crimes est sortie de mon désespoir. Réponds-moi, Sophie, suis-je réellement bien coupable ? Je te le dis encore, je n'ai jamais attenté à la vie de personne; peut-être, et voilà ce qui me condamne: aurais-je été meurtrier si j'avais trouvé de la résistance; cependant je ne le suis pas. Oh ! que cela me fait plaisir depuis que je te connais ! Crois-moi, Sophie, si tu n'étais d'une haute naissance, si je ne craignais de te perdre, je te rendrais à de plus doux climats; mais non, femme chérie, tu me fuirais avec horreur, je te perdrais. Grâces à la tendresse que tu m'as inspirée, je ne sentirais pas long-temps cette perte, elle ferait sur moi ce que n'a pu faire la mort de toute ma famille ; je m'arracherais la vie. »

C'était ainsi qu'à chaque instant du jour ce jeune homme me dévoilait les sentimens de son cœur. Vivement épris de moi, et naturellement éloquent, ses discours avaient, pour mon malheur je ne sais quoi de séduisant qui m'entrâinait malgré moi. Son absence m'alarmait, et quand je le voyais revenir, j'étais moins malheureuse. En pouvait-il être autrement ? Il était sur le globe la seule créature avec laquelle je pusse converser. Néanmoins, quel que fût le sentiment qui me rendait sa présence nécessaire, il n'avait pas encore eu lieu de s'applaudir de mon amitié, excepté dans mes momens de délire, momens qui composaient les deux tiers de ma vie ; j'avoue qu'alors je le payais du plus tendre retour.

Quelle que fût néanmoins l'horreur de ma destinée, chaque jour me familiarisait avec elle. La barrière éternelle que Dieu semblait mettre entre les hommes et moi, me parut un de ses bienfaits; mon opprobre même devint un motif de consolation. Je me disais : j'assouvirai en ce monde la vengeance céleste, et quand je cesserai d'être, je reposerai dans le séjour des heureux.

Ce doux espoir me faisait supporter la vie avec résignation, lorsqu'une fatale découverte vint me lier sans retour aux destins du jeune Lantier. Je m'aperçus que j'étais mère. Cette nouvelle qui, six mois auparavant, m'eût fait expirer de plaisir, m'arracha des larmes. Peut-on en effet admirer assez la bizarrerie de ma destinée? J'étais honnête épouse, et le ciel avait constamment refusé à mes ferventes prières un fils qui eût fait les délices d'un époux sensible et vertueux; tout à coup cette même Divinité m'accorde le doux nom de mère dans les bras d'un mortel proscrit par ses lois et par celles des hommes. Maître du monde, je n'ai pas le droit de m'immiscer dans tes saintes volontés, mais elles sont tellement indéfinissables, qu'elles déconcertent notre faible entendement! Et toi, nature, quel mortel peut se flatter d'expliquer tes jeux et tes caprices!

Ma grossesse, dont je ne pouvais plus douter, je la crus un aveu tacite de la Divinité, qui voulait que je m'attachasse irrévocablement aux destins du malheureux en la possession duquel elle m'avait mise. Dès-lors, aliénée ou tranquille, je lui donnai dans mon cœur la place d'un époux légitime. Tous les trésors lui seraient échus, qu'il n'eût pas été plus satisfait qu'en apprenant que je portais dans mon sein le gage de sa tendresse. Jusqu'à cette époque il m'avait chérie; mais alors je devins son idole; il ne me quittait plus que pour aller aux provisions qui, de jour en jour, devinrent plus choisies. Sa société, sa conversation, la promenade et la pêche de nuit devinrent mes principales distractions. Un jour qu'il était sorti pour nos approvisionnemens, il fut plus long-temps absent que de coutume; j'étais déjà inquiète, lorsque je le vis revenir avec un livre à la main. « Je viens, me dit-il, de faire cette emplète; c'est un Traité des Accouchemens : je veux le méditer, ma chère Sophie, en bien saisir les préceptes jusqu'au moment de les mettre en pratique. » Ce trait charmant peint beaucoup mieux cet infortuné que les plus brillantes phrases, et s'il était d'un autre homme, je le mettrais au rang des plus beaux traits de l'amour conjugal.

Il vint enfin ce jour tout à la fois craint et désiré. Ma couche fut douloureuse et pénible; mais, grâces aux soins de Lantier, et à l'étude qu'il avait faite, j'accouchai sans accident d'une fille que son père nomma sur-le-champ Héloïse. Notre retraite était fournie de tout ce qui est nécessaire à la vie; on y trouvait même le superflu, que Lantier y avait accumulé pour mes seuls besoins.

Si j'en avais été la maîtresse, j'aurais sorti deux jours après ma couche; mais le père de ma fille s'y opposa constamment, et ce ne fut que le dixième jour qu'il voulut bien, à la brune, me promener sur les sommités environnantes, encore me portait-il plutôt qu'il ne me laissait marcher.

La naissance d'Héloïse avoit fait un changement complet dans tout mon individu. Mes instans d'aliénation cessèrent tout à coup. Ma situation ne me parut point malheureuse, ou, pour mieux dire, de sombres réflexions ne vinrent pas en troubler le calme.

Lantier, riche de ses précédentes expoliations, s'était interdit cet infâme métier; et si je n'avais su positivement qu'il l'eût exercé, je l'en aurais cru incapable.

Cependant sa fille croissait à vue d'œil, et jamais pèee n'aima plus tendrement son enfant. J'ignore si les yeux d'une mère voient absolument tout en beau dans sa progéniture; mais je ne crois pas que, sous le ciel, il fût un plus bel enfant que notre Héloïse. Elle avait déjà huit mois, que nous n'avions pas encore pensé à la baptiser : croirait-on que ce fut son coupable père qui m'en fit ressouvenir ? Oui, celui-là qui, depuis long-temps, enfreignait les préceptes de notre religion, voulut que sa fille en reçût le premier et le plus salutaire des sacremens. « Quelque jour, me dit-il sans vouloir s'expliquer davantage, ce cher enfant recevra cette eau de rédemption de la main d'un ministre des autels ; en attendant cet heureux moment, Sophie, il faut ondoyer notre enfant. » Cette petite cérémonie, faite le soir d'un beau jour, fut pour nous une espèce de fête que devait bientôt suivre une scène de sang.

L'intérêt de ma fille avait totalement changé les projets de son père. Seul avec moi, il eût tranquillement passé sa vie dans la solitude où le sort l'avait conduit; mais depuis qu'il était père, sa tendresse lui avait inspiré l'idée de soustraire son innocente Héloïse à ce genre de vie malheureux. Aussi prompt à concevoir qu'à exécuter, il convertit tout ce qu'il possédait en argent monnoyé; et me fit part ensuite du projet qu'il avait conçu de nous retirer en Espagne. L'asile que nous habitions était trop en harmonie avec l'état de mon âme, pour que je consentisse aux desseins de Lantier; mais il plaida si bien la cause de notre enfant, qu'il m'arracha des larmes et mon consentement.

La veille de notre départ, le malheureux voulut nettoyer ses pistolets, chargés depuis quelque temps. Il en avait quatre, et déjà la poudre de trois était retirée lorsque, voulant aller chercher sa gibecière, il posa imprudemment sur les trois autres pistolets le quatrième qui n'était pas déchargé, chose que j'ignorais. Comme je les lui essuyais à fur et mesure qu'il en assurait la pierre, je prends, par une fatale méprise, le pistolet chargé, mon chiffon s'entortille autour du chien, je veux le dégager, je fais marcher la détente, le coup part, et trois balles que je mets dans la poitrine du malheureux Lantier, qui rentrait alors, le jettent roide mort sur la place : un long soupir fut son dernier mouvement.

Quelle langue assez riche, assez sépulcrale me prêtera ses expressions! Comment décrirai-je l'horreur d'une pareille situation? Tous les idiômes seraient insuffisans. Je ne poussai qu'un seul cri; mais la voûte de mon antre en fut ébranlée. Ma fille, mon innocente fille qui dormait alors, se réveille en sursaut et bégaie le mot *papa*, en me tendant ses deux petits bras. Ce premier mot de l'enfance fit couler une vipère dans mon cœur; j'en ressentis soudain la morsure : « Héloïse, dis-je froidement à l'innocente créature, comme si elle m'eût pu comprendre, le voilà, ton père; il t'a donné le jour, je viens de lui arracher la vie ! Celui-là qui te voulait consacrer son existence, qui ne rêvait que ton bonheur, qui me prodiguait les plus tendres soins, je l'en ai récompensé en lui donnant la mort : meurs donc, cher enfant, meurs, sinon la coupable mère attachera sur toi le malheur qui la suit ! Père, mère, époux, amant, ma fille, tous ceux enfin qui se sont liés ou se lieront à ma destinée, partageront la colère du Dieu qui me poursuit ! Mais je veux le tromper, cet implacable

Dieu ! Je vivrai désormais seule dans l'univers, j'aurai en horreur tout ce qui respire, l'aspect d'une créature humaine me fera fuir épouvantée. »

Ma rage et mes transports avaient brûlé mon sang. Je tombai privée de connaissance, et quand je me réveillai, j'étais complètement aliénée. La vue d'un cadavre me fit reculer d'horreur. Mon Héloïse, qui sans doute s'était rendormie, ne s'offrit plus à mon souvenir. Je m'échappai rapidement de la caverne, et courus sur les sommités environnantes, jusqu'à ce que, totalement épuisée, je fus obligée de m'asseoir sur le roc, où je m'anéantis dans un spasme douloureux. Il était alors à peu près trois heures après-midi ; et je ne sortis de ma léthargie que le lendemain au déclin du jour. Mon sang s'était rafraîchi, et ma raison avait repris son empire. Je me ressouvins tout à coup de ma fille. Le daim est moins léger dans sa course ; en un clin d'œil j'arrivai dans le repaire. Je vais au berceau de ma fille : elle était morte !!! Et de quelle mort !.... A tant de pertes, à tant de supplices, un autre plus grand se réunissait encore ; c'était de ne pouvoir me donner la mort ; mais, en récompense, je pris mon parti sur-le-champ. Je déchirai tous mes vêtemens, je m'assimilai à l'état des bêtes, bien déterminée à vivre, comme elles, de racines et de chair crue. Plût à Dieu que ce genre de vie eût à l'instant terminé mes malheurs et ma douloureuse existence !

Le repaire que j'habitais ne me parut plus assez lugubre : je m'empressai de l'abandonner après avoir enfoui mes deux victimes. M'enfonçant alors parmi les rochers, je franchis le pors d'Auzat. Depuis plusieurs jours j'errais au hasard sur les sommets déserts des Pyrénées, lorsqu'un site imposant, lugubre, épouvantable, arrêta ma course vagabonde. Des rochers noirâtres, nus, déchirés, entr'ouverts, les uns suspendus sur des abîmes et prêts à s'échapper de leur masse, les autres lavés et blanchis par de mugissantes cataractes, dont les eaux se perdent avec fracas sur des monceaux de décombres, et au milieu de ce formidable appareil, une vallée déserte, sombre et silencieuse, dominée par le mont Calm, dont la crête, perdue dans les nues, porte des glaces aussi anciennes que le monde; cette affreuse solitude convenait trop bien au désordre de mon âme, pour ne point y arrêter mes pas. Ce fut là qu'au sein de la nature en deuil, et livrée sans réserve à ma douleur, je voulus épuiser seule la vengeance du ciel et mourir ignorée. Mon premier soin fut de reconnaître les localités. Je découvris sur la cime d'un roc, où jamais mortel n'était parvenu, une profonde crevasse propre à me servir de retraite. Près de là étaient un torrent poissonneux et une forêt voisine dont les arbres étaient chargés de pommes de pin. Je ne jouissais pas alors précisément de ma raison, mais j'avais encore des momens très-lucides, que j'aurais pu mettre à profit pour adoucir mon sort, si je n'avais été irrévocablement décidée à finir ainsi misérablement. Mes pieds se durcirent insensiblement : devenus calleux, ils foulèrent impunément le caillou tranchant, la pointe acérée des roches et l'épine de la forêt. Ma peau, qu'autrefois je soignais dans un bain parfumé, devint bientôt noirâtre et livide ; sa dure épaisseur me rendit insensible aux rayons brûlans du soleil. J'osai un jour me regarder dans le cristal des eaux ; jamais peut-être rien de plus horrible ne s'était offert à mes regards, et cependant je n'en frémis pas. « Quoi ! c'est là, me dis-je, la comtesse de Budoy ! Vassaux qui encensèrent sa beauté, venez maintenant la reconnaître ! venez vous pénétrer du néant des choses humaines ! Venez : quoique nue, je ne redoute point vos regards, un voile hideux me tient lieu de pudeur ! Ah ! j'en rends grâces au ciel, s'il voulait que je tombasse entre les mains d'un homme, ma fatale beauté au moins ne le séduirait pas ; l'infortuné ne périrait point en voulant s'attacher à mon sort ! »

Il est probable qu'en naissant nous savons tous nager, et que, dans un âge plus avancé, notre timidité seule nous empêche de traverser une rivière. Ce qu'il y a de certain, c'est que je nageai la première fois que je me lançai intrépidement dans le lac pour y prendre du poisson, qui, avec des plantes sauvages et des pommes de pin, devinrent ma nourriture ordinaire. Quelquefois aussi, lorsque je parvenais à saisir un chamois, je le terrassais, le déchirais avec mes mains; je buvais alors son sang, et sa chair crue me paraissait un mets succulent. Souvent, après un tel repas, je mesurais la foule des besoins que l'homme imprudemment s'est créés. Ces besoins, il est vrai, lui procurent quelques jouissances et des plaisirs; mais sont-ils cruellement achetés par les tourmens qu'il éprouve, lorsque, faute de moyens, il ne peut satisfaire ces mêmes besoins! Il y a dix mille infortunés contre un homme opulent, et l'opulence seule est à l'abri des privations forcées ! Si tel ouvrier chargé de famille l'avait accoutumée, ainsi que lui, à se nourrir de choux, de navets, de racines et de pommes de terre que la nature lui fournit abondamment, genre de vie plus facile à contracter qu'on ne pense ; si, dis-je, il s'était habitué à nourrir ainsi sa famille, il ne se lamenterait pas, il ne s'arracherait pas la vie quand, privé de travaux, il ne peut plus donner aux siens et une soupe grasse, et un morceau de pain blanc, dont il leur a fait une nécessité.

C'est ainsi que, séquestrée des hommes, et pendant une lueur de bon sens, je réfléchissais à ce qui pouvait contribuer à leur bonheur.

Si j'avais constamment joui de ma

raison, et même, si le peu qui m'en était accordé avait été parfaitement net, j'aurais succombé à mes souffrances, et c'eût été un bonheur; mais le ciel y avait pourvu. Ma vie se partageait en plusieurs genres d'existence; tantôt j'étais complètement aliénée, c'était ma plus douce situation; brute dans toute la force du terme, la douleur et mes souvenirs n'avaient aucune prise sur moi; quelquefois même la chute d'une cascade, l'apparition d'un aigle, le lever du soleil, les détonations de la foudre, la prise d'un chamois, me procuraient une douce satisfaction; étrange mécanisme de l'homme, qui ne peut être heureux qu'avant d'atteindre sa raison et après l'avoir perdue. Le moment d'après cette heureuse situation, je n'avais plus que les nuances du délire, et c'étaient mes plus cruels instans. Je ne savais, dans cet état, que me torturer avec des souvenirs. Toutes mes infortunes, toutes mes pertes; toutes mes souffrances, se retraçaient vivement à ma mémoire; je les parcourais en détail, et la moindre circonstance était une douloureuse morsure. Soudain, j'étais en proie à d'affreux transports; mon sang brûlait dans mes veines; ma figure s'enflammait, mes yeux étincelans agrandissaient leur orbite; mes mouvemens devenaient convulsifs et tumultueux, je tombais tout à coup dans un délire maniaque, pendant lequel ma voix sonore et terrible faisait retentir les antres sauvages de plaintes et d'imprécations. A la fureur de ces aliénations mentales, succédait brusquement le calme de la mélancolie. Morne et silencieuse, je ne parlais plus; je ne voyais ni n'entendais rien; une idée vague, indéfinie de mes malheurs, m'isolait de l'univers. Les ombres sanglantes de mon père et de ma mère, celle de mon époux, de ma fille, et même celles de son père, venaient m'envelopper; bientôt des larmes et des gémissemens s'échappaient de mon cœur; je contemplais mon affreuse métamorphose et ma nudité, je m'écriais: Dieux! que dirait mon époux! Soudain, mes genoux fléchissaient sous le poids de mon corps, et je me renversais dans un sommeil léthargique. Un calme parfait suivait ordinairement cet état pénible et douloureux. Je me donnais alors le seul véritable plaisir que j'éprouvai dans ma retraite; c'était de m'asseoir sur le pic le plus élevé, et là, immobile comme le roc, je planais par la pensée sur l'immensité des choses créées et senties. Ma jeunesse, ma fortune, ma naissance, ce que j'aurais dû être et ce que j'étais maintenant, me fournissaient une foule de réflexions. O Providence! me disais-je quelquefois, quel être peut prétendre à définir tes volontés et son destin? Quel homme en naissant peut dire, je serai *cela?* L'insensé! il forme des projets, il se livre à des espérances: tu souffles, et il a fait un rêve; il croit être debout, tu dis, et il gîte dans la fange; il voulait reposer sur de riches tapis, tu parles, et il est trop heureux de rencontrer un pavé pour reposer sa tête; tout enfin prouve à l'homme que celui qui le créa se joue de ses conceptions. Le laboureur croit pouvoir toujours ouvrir son sillon et ne jamais quitter sa modeste chaumière. Un Dieu soudain remue la bile des rois, et l'homme des champs est bientôt contraint d'aller, sous un ciel étranger, se faire tuer pour des maîtres ingrâts qu'il n'a jamais vus et qui ne voudront jamais le voir. Le navigateur qui veut se faire un nom ou cumuler des richesses, finit par s'encaisser vivant entre deux glaçons, ou par s'engouffrer dans les entrailles d'un énorme requin. Et moi, tendrement élevée, bercée dans les plaisirs, naguères nourrie de mets délicieux, mollement couchée sur l'édredon, au sein du grand monde et des honneurs, que suis-je aujourd'hui? Je n'ai, pendant le jour, d'autre asile qu'un pic voisin du tonnerre, de société que les aigles; la nuit je me retire dans un antre que je partage avec les bêtes féroces, leur haleine me tient lieu de poêle et de bûcher, et sur leur poil une portion de mes membres fatigués se repose. Voilà pourtant, grand Dieu, de tes métamorphoses!

Ce fut au milieu de ces intervalles

de raison que je me ressouvins d'avoir écrit la première partie de mes Mémoires. Elle était dans le porte-manteau que les assassins de mon époux lui avaient enlevé. Autant pour multiplier mes distractions que pour laisser au monde un monument terrible des vengeances célestes, je formai le dessein de continuer ces Mémoires. Je fis donc le voyage de la caverne que j'avais habitée avec Lantier; je retrouvai mon manuscrit avec un petit coffret plein de papier et de crayons. Depuis cette époque, et lorsque je jouissais de ma raison, je me plaisais à jeter sur le papier les différentes circonstances de ma vie. Projets, réflexions, incidens et particularités de mon délire, m'étaient scrupuleusement retracés, et ma mémoire, beaucoup plus active que je l'aurais voulu, ne me sauvait pas le plus léger détail.

« Le froid cependant commençait à se faire sentir, et la neige enveloppait déjà la crête des monts. Troupeaux et bergers se retiraient dans leurs hameaux. Là, sans doute, finissait ma misère, lorsqu'une rencontre terrible, dans laquelle j'aurais dû trouver une mort cruelle, vint au contraire me mettre à l'abri des injures de l'air et des rigueurs de la saison.

Un jour que j'étais égarée bien loin de ma retraite, la neige et les vents m'assaillirent avec tant de fureur, que ce supplice, nouveau pour moi, me ravit momentanément le peu de raison qui me restait. Je cherchai un refuge dans les flancs d'un vaste rocher, qui, dans le fond, se partageait en deux cavités. Jugez quelle aurait été mon épouvante si je n'avais été aliénée? Près de moi était une ourse d'une grosseur énorme. Tout à coup elle se redresse et retombe en poussant d'affreux hurlemens. Créature raisonnable, je serais expirée de frayeur; aliénée, je méconnus le danger, et n'éprouvai pas la plus légère émotion. J'approchai de l'animal; il était sur le dos, les jambes en l'air, et cherchait à mettre bas un oursin à moitié sorti de ses entrailles; et dont il ne pouvait depuis longtemps se débarrasser. Je ne balançai pas un seul instant. L'instinct plus que la raison me guida dans cette dangereuse opération. J'écartai les membranes avec précaution; je tirai l'oursin de même; enfin, après de violens efforts, je parvins à délivrer la mère, qui probablement aurait perdu la vie dans ce douloureux travail, que je répétai trois fois de suite, car elle mit bas trois petits. J'étais occupée à retirer le dernier, lorsque trois autres ours entrèrent dans la bauge. C'en était fait de moi, si, à leur aspect, l'ourse que je délivrais n'eût fait entendre plusieurs hurlemens : est-ce le langage de ces animaux ? Je l'ignore ; mais ce que je puis assurer, c'est que les nouveaux venus le comprirent parfaitement, et qu'au lieu de se jeter sur moi, tous les trois s'en approchèrent et vinrent affectueusement me lécher en tous sens ; un, entr'autres, me prouva par des caresses réitérées qu'il était le père des oursins. Quelles que fussent néanmoins les preuves de sa reconnaissance, elles n'étaient rien en comparaison de celle de sa compagne. Je ne les décrirai pas, il faudrait avoir passé tout un hiver dans cet antre pour s'en faire une idée. Oui, mortels, j'ai vu plus d'une fois les larmes de la reconnaissance rouler sur le museau de ce sauvage animal.

Je me préparais cependant à sortir de ce repaire, lorsque les vents déchaînés et la neige tombant par flocons, m'obligèrent d'y rester jusqu'à la nuit. J'étais fatiguée, et la douce chaleur de cet asile invitant au sommeil, je m'endormis profondément au milieu des huit animaux. Il était déjà grand jour le lendemain quand je me réveillai. A mon délire avait succédé ma raison; et les événemens de la veille, tous présens à ma mémoire, me décidèrent brusquement à me retirer dans cet asile pendant la mauvaise saison.

Quels qu'en fussent les sauvages habitans, ce dont j'avais été le témoin me prouvait que je n'avais rien à craindre de leur part. J'en aurais douté, que les hurlemens qu'ils poussèrent en me voyant partir, m'en auraient convaincue. Lecteurs, vîtes-vous jamais une famille malheureuse, et tout à coup rendue au bonheur par les soins et l'humanité d'un homme de bien? La vîtes-vous, cette famille reconnaissante, jeter les hauts cris et se désoler en voyant leur bienfaiteur s'éloigner pour toujours? Hé bien, si vous fûtes témoins de pareille scène, vous avez une image vraie de ma sortie du repaire des ours.

La neige avait recouvert les sentiers, et ce fut avec bien de la peine que je regagnai mon asile. Le petit coffret où étaient mes papiers et une forte provision de pommes de pin fut tout ce que j'en emportai.

Si les ours avaient à mon départ poussé d'affreux hurlemens, les antres voisins retentirent des cris de leur joie en me voyant de retour. L'un me léchait, l'autre se tenait debout devant moi, un troisième se roulait à mes pieds; c'était enfin à qui me prouverait à sa manière le plaisir qu'ils avaient de me revoir.

Mon séjour parmi ces animaux paraîtra peut-être invraisemblable à quiconque ne connaît pas le pouvoir des bienfaits sur les caractères les plus féroces. Les lions et les tigres ont donné des exemples d'une reconnaissance portée bien au delà de celle des hommes. Mais, ce qui appuiera le plus la vérité de cet événement, c'est le caractère particulier de l'ours des Pyrénées. Consultez les gens du pays, ils vous diront, et M. Bascle de Lagrèze, sous-préfet de Foix, l'a répété dans son rapport :

« L'ours des Pyrénées est d'un naturel doux; il épargne la faiblesse, et n'est terrible que contre ceux qui

osent le provoquer; il se retire dans une caverne sauvage aux approches de l'hiver, et y passse quelques mois plongé dans un sommeil léthargique. »
Et moi, j'ajouterai que cet ours, naturellement gras, prend un embonpoint excessif sur la fin de l'automne, temps auquel il se réfugie dans un antre, où l'abondance de sa graisse lui tient pendant longtemps lieu de nourriture.

L'hiver cependant s'écoulait sans que j'en ressentisse les rigueurs. L'appartement le mieux chauffé n'eût pas offert une plus douce température que celle de ma nouvelle retraite, j'y sommeillais tranquillement, couchée la plupart du temps en travers sur mes hôtes engourdis et continuellement plongés dans un sommeil léthargique. Tout le temps que me laissait l'aliénation, je le donnais à l'histoire de mes malheurs. Si je retombais en délire, moins sensible alors aux rigueurs du froid, je sortais chercher du poisson et des pommes de pin. Je rentrai ensuite au milieu des ours, dont la chaude haleine me réchauffait bien vîte.

Lorsque les beaux jours eurent fondu la neige des collines, les ours se dispersèrent pour aller chercher leur proie, et moi je regagnai ma première retraite. Un de mes grands plaisirs alors était de me prouver que l'imagination fait plus de la moitié des périls qui nous font frémir. J'aimais à me reposer sur l'extrémité d'un roc avancé et comme suspendu sur des précipices, dont je mesurais hardiment la profondeur. Un jour, que debout sur un pareil rocher, je réfléchissais à mes malheurs, que vois-je! plusieurs hommes à quelque distance de moi. L'aspect d'un tigre furieux ne m'eût pas inspiré plus d'épouvante. Je pousse un cri d'effroi, et la terreur me prêtant des ailes, je côtoie rapidement l'escarpement de la montagne, et bientôt j'échappe aux chasseurs qui n'osèrent pas me suivre dans cette route périlleuse et suspendue sur des abîmes. Pourquoi, me dira-t-on, fûtes-vous effrayée en voyant des hommes qui, seuls, pouvaient vous arracher à l'horrible situation où vous étiez réduite? Ma réponse à cette demande est tout entière dans l'arrêt irrévocable que j'avais prononcé contre moi. Je m'étais condamnée à l'état des bêtes, j'en avais pris les habitudes et la difformité, et rien dans l'univers ne pouvait me contraindre à rentrer dans la société, qui ne pouvait plus exister pour moi. Un seul bien me restait, c'était ma liberté. Liberté est un mot vide de sens chez des peuples policés, c'est une chimère qui les séduit; mais dans l'état de pure nature, la liberté est un bien suprême, un trésor inappréciable, que rien ne peut remplacer. Maîtresse d'une aussi belle propriété, pouvais-je m'exposer à la perdre? Et quel être vivant, autre que l'homme, pouvait me la ravir? Les bêtes féroces pouvaient me mettre en pièces, mais non m'empêcher de parcourir les cimes des monts. Or donc, je devais fuir l'espèce humaine plus que la société des ours.

Le lendemain de la funeste rencontre des chasseurs, j'allai me reposer sur le côté opposé à celui où ils m'avaient aperçue. Vaine précaution; les bergers du hameau de Suc avaient été prévenus, et un grand nombre d'entre eux, embusqué derrière les rochers, me surprit et parvint à m'arrêter. La seule idée d'être au pouvoir des hommes me mit en délire. On me présenta des vêtemens, je les déchirai ; et ce ne fut qu'après m'avoir lié les mains, qu'on vint à bout de me vêtir. Moi, l'instant d'auparavant, aussi libre que l'air, me trouver tout à coup les mains liées, en butte à l'insolente curiosité des hommes, ou à leur froide compassion ! Impitoyable Dieu ! que tu sais bien déchirer tes victimes ! Dans l'état où tu m'avais réduite, j'aurais défié ta puissance de me trouver d'autres tortures que la privation de ma liberté ! Ce ne fut plus chez moi un simple délire ; en proie à tous les transports de la rage, j'accablai mes bourreaux de menaces et d'imprécations. Arrivée au presbytère de Suc, le curé voulut me porter des paroles de paix et de consolation. Cet homme ignorait qu'il ne devait plus être pour moi ni repos ni bonheur. Je l'écoutai sans le croire, et bientôt ma fureur fit place à l'abattement de la mélancolie; on m'enferma dans une chambre où je devais passer la nuit; j'en mesurai le peu d'espace, il me fit frémir. « Rendez-moi, disais-je à mes insensibles géoliers, rendez-moi le brillant aspect des cieux immenses qui naguères roulaient sur ma tête; rendez-moi ces rochers, ces pics, ces déserts que je parcourais librement. Vous êtes sourds à ma douleur? Hé bien, je me la rendrai moi-même cette liberté précieuse que votre fausse pitié veut me ravir! En effet, je parvins à détacher les volets de la croisée que, malgré sa hauteur, je franchis avec la légèreté d'un jeune faon. Où trouver une image simple et sensible du plaisir que j'éprouvai en me voyant libre et en plein air? Le malheureux navigateur, qui, perdu depuis longtemps sur une mer inconnue, a mangé le cuir de ses souliers et se dispose à dévorer son compagnon, n'éprouve pas une plus vive satisfaction, en apercevant la terre et ses semblables. Mon premier mouvement fut de me jeter à genoux, et de remercier de ma délivrance le même Dieu que quelques heures auparavant j'accusais de m'avoir ravi la liberté. Les affreux vêtemens dont on m'avait embarrassée furent à l'instant mis en pièces, et je regagnai bien vîte les lieux où je me complaisais. Mon premier soin fut de me choisir une autre retraite et de ne me plus montrer dans les lieux où j'avais été surprise; il était encore un pic dans le voisinage que je n'avais jamais osé gravir, tant il était roide et perpendiculaire. Jusqu'à ce jour, les aigles et les chamois étaient les seuls êtres vivans qui y fussent parvenus. Je me hasardai cependant à le gravir, et j'y abordai sans beaucoup de peines. Le temps avait ouvert sur l'extrémité de ce roc une grotte assez profonde pour me donner asile; je m'y fixai sur-le-champ (1). Là, je défiai les hommes de m'atteindre, et j'y passai la belle saison sans danger et sans crainte. Cependant je n'étais pas sans inquiétude; les froids commençaient à se faire sentir et je craignais que mes bons amis, les ours, n'habitassent plus le même repaire. J'osai en faire le voyage. Ah! que je fus agréablement surprise en retrouvant mes compagnons de misère! excepté un seul qui, sans doute, avait péri pendant l'été. Tous, en m'apercevant, se levèrent et vinrent à ma rencontre, en poussant des cris de joie. Les plus

(1) Ce fut sur ce même pic que furent trouvés les Mémoires de cette infortunée.

jeunes sautaient autour de moi et se roulaient à mes pieds. Jamais ami ne fit un plus tendre accueil à l'ami qu'il revoit après une longue séparation. Enfin je passai ce second hiver aussi doucement que le premier. . . . . . .

Là se terminent les Mémoires de cette infortunée à qui le ciel réservait encore de plus affreux tourmens. Arrêtée de nouveau par les soins de M. Vergnies, juge de paix du canton de Vicdessos, elle fut conduite à Foix; elle y fut abandonnée au secours de la pitié publique, déposée ensuite dans un hospice, et bientôt cruellement traînée dans une horrible prison située sur la crête d'un énorme rocher. Là, un féroce concierge, tigre à face humaine, fatigué des gémissemens de cette malheureuse, l'engouffra vivante dans un cachot humide, ténébreux, creusé dans le roc. Quelques jours après, ce misérable trouva sa déplorable victime morte de désespoir ou peut-être de faim (1).

Celui-là n'a pas d'entrailles qui ne sent pas son sang se refouler vers son cœur, en voyant le traitement barbare fait à cette infortunée. Un tel homme ne serait jamais mon ami. Plus sensible, et j'en rends grâces au ciel, je ne balance pas à dire que l'autorité locale fut coupable dans ce malheureux événement. Le magistrat qui le premier fit arrêter cette femme, devait la regarder comme un dépôt que le ciel lui confiait. Ce n'était point une infortunée vulgaire; ses malheurs étaient sans exemple, et les siècles n'avaient point encore offert aux soins de l'humanité une pareille victime. Celui-là qui la fit saisir, le pasteur qui l'accueillit, le sous-préfet même,

---

(1) Voyez, dans la première Partie, le rapport de M. Bascle de Lagrèze, sous-préfet de l'arrondissement de Foix.

s'il fut informé de cet événement, devaient réunir toutes leurs attentions sur cette malheureuse. Placée convenablement, soignée, dirigée par un homme doux, éclairé et sensible, elle eût recouvré sa raison, pleuré sur ses malheurs, et serait rentrée dans le sein de sa famille, où probablement de tendres consolations lui auraient rendu le sentier de la vie moins pénible. Mais non : la curiosité, plus que tout autre sentiment, avait mis l'autorité sur ses traces; cette froide curiosité une fois assouvie, l'objet qui l'avait fait naître fut repoussé avec l'insouciance du mépris. Si les cœurs devaient se fermer ainsi sur cette infortunée, pourquoi ne la rendait-on pas sur-le-champ aux lugubres lieux qu'elle redemandait sans cesse? Ou, pourquoi l'en avoir arrachée, puisqu'on ne voulait pas lui prodiguer des soins proportionnés à ses malheurs?

Et toi, concierge atroce, toi, à qui je ferais donner vingt-cinq coups de fouet par jour, si j'étais ton préfet, tigre revêtu du nom d'homme, toi, que j'accole à Simon (1), ce barbare assassin du fils de mon Roi, de quel droit as-tu enterré vivante cette malheureuse confiée à ta garde? Les ours, amis paisibles et protecteurs reconnaissans, l'avaient ménagée, consolée, réchauffée de leur haleine, et toi, monstre, tu l'assassines! Va, ton nom me fait horreur; et puisque tu vis encore, que ce livre aille jusqu'à toi et commence ton supplice!

---

(1) Simon, cordonnier de son état. Ce fut à ce monstre que la convention nationale confia le jeune et malheureux Dauphin, fils de Louis XVI. Dans un siècle on ne croira pas aux tourmens que ce scélérat fit souffrir à sa royale victime.

Fin du Tome deuxième et dernier.

www.ingramcontent.com/pod-product-compliance
Lightning Source LLC
Chambersburg PA
CBHW070452030726
47503CB00004B/1007